雪峰诗词选注

杨帆 主编

线装书局

图书在版编目（CIP）数据

雪峰诗词选注 / 杨帆主编． — 北京：线装书局，2023.4
ISBN 978-7-5120-5207-9

Ⅰ．①雪… Ⅱ．①杨… Ⅲ．①古典诗歌－诗集－中国 Ⅳ．① I222

中国版本图书馆CIP数据核字（2022）第201878号

雪峰诗词选注
XUEFENG SHICI XUANZHU

主　　编：杨　帆
责任编辑：姚　欣
出版发行：线装書局
地　　址：北京市丰台区方庄日月天地大厦B座17层（100078）
电　　话：010-58077126（发行部）010-58076938（总编室）
网　　址：www.zgxzsj.com
经　　销：新华书店
印　　制：成都市兴雅致印务有限责任公司
开　　本：710mm×1000mm　16开
印　　张：15.75
字　　数：234千字
版　　次：2023年4月第1版第1次印刷
定　　价：69.80元

雪峰文化研究的重要成果

——序《雪峰诗词选注》

陈黎明

我国是诗歌大国,诗词歌赋在五千年文明史上独领风骚。诗经、楚辞、汉乐府、唐诗、宋词、元曲,直到今天的新诗,名家、名作层出不穷;写诗、读诗、注诗蔚然成风。所以,孔子云:"不知诗,无以言。"意思就是不懂诗,话都不会说。

雪峰山是文化之山、诗歌之山。雪峰山上听故事,沅水岸边赋《离骚》,故有"楚辞故乡"之称。从春秋战国到清末民初以至当代,近三千年物华天宝、地灵人杰的雪峰山下,文风浩荡、诗意盎然,造就了不少优秀诗人,留下了不少传世名作,如屈原的《涉江》《山鬼》《橘颂》、李白的《闻王昌龄左迁龙标遥有此寄》、杜甫的《送王十五判官扶侍还黔中·得开字》、王昌龄的《芙蓉楼送辛渐》《龙标野宴》以及岑参、刘禹锡、黄庭坚、王守仁等人的有关作品,都是最好的例证。诗在雪峰山下这块古老的土地上,留下了璀璨夺目的光焰。然而,由于种种原因,为人们熟知的大概只有屈原、李白、王昌龄等屈指可数的几位作家以及他们与雪峰山有关的少量作品,对于其他与雪峰山有关的诗人及作品知之甚少,实为憾事。自小唱着雪峰山的歌谣、喝着沅江的流水长大的我,雪峰山情结与生俱来,这让我既因雪峰山神奇的明山秀水和深厚

01

的历史文化底蕴而引以为荣，同时也因身在此山而"不识庐山真面目"心存愧疚。基于这一理念，七年前，我把雪峰山旅游开发定位为生态文化游，坚持走文化先行、文旅融合的发展之路，并由此专门成立了雪峰文化研究会，亲自担任会长，集合专家学者，致力于雪峰文化的挖掘、整理、研究与开发。在我看来，身为雪峰山人，我们不能辜负雪峰山的养育之恩，不能负了雪峰山的厚望，不能使雪峰文化传承出现断层。让雪峰文化重放异彩，是我与研究会同行们矢志不渝的追求和义不容辞的责任。雪峰文化研究会顾问，曾担任辰溪、溆浦两县县长的杨帆先生编著的《雪峰诗词选注》出版面世，体现了组建雪峰文化研究会的初心，是雪峰文化研究会成立以来取得的重要成果。历史上为雪峰山而歌的诗词，诗意化地展示了在近三千年的历史长河中，雪峰山下、沅水流域那些已经远去的自然山水风光与独特的历史人文风情，让今天的我们得以回望、品读雪峰山以往岁月的精彩，得以探究、领略、开发雪峰山积淀和储备的巨大文化资源，为推动雪峰山旅游开发的行稳致远，促进雪峰山下经济社会的持续发展，提供了强大的文化自信与强劲的发展动力。

翻开《雪峰诗词选注》，除了走近那些在雪峰山下、沅水流域贬放宦游的历代文人墨客，还有明清以后生于斯、长于斯的一大批本土诗人词家，穿越弥漫的历史尘埃云烟，与今天的我们诗词唱和，相见甚欢。如明末的一代廉吏满朝荐，清中期的汉中知府、湖湘文化经世学派先驱严如熤等，作为封建朝廷官员，他们时常为后人提及，作为诗人词家，却又鲜为人知。他们是地地道道的雪峰山之子，情为雪峰山所系，诗为雪峰山所吟。他们的诗词作品，流淌着对家乡这座名山、对这块土地深情的爱，由此也不容争辩地表明，雪峰山是文化之山、诗歌之山。

不幸的是，历史也曾有过色盲与片面。在相当长的一个时期，雪峰山被陷入交通信息闭塞、经济文化落后、民风野蛮怪异的偏见中难以自拔，远离中原的雪峰山区被视为化外荒野的"蛮夷"之地，文风不振，王化不开，匪患猖獗，这几乎在一个时期之内，成为不是定论的定论。杨老县长编著的《雪峰诗词选注》，既是一部与雪峰山有关的历代诗人词家的作品精选，也是雪峰山迄今为止的诗歌史、文学史的一部资料集大成，对于纠正历史偏见，还雪峰山的本来面目，其重要意义不亚于正本清源。从这个角度上看,《雪峰诗词选注》所具有的认识价值,不仅体现在诗歌领域、文学领域,更体现在历史学与社会学领域,更在于从文化的角度,为雪峰山、为大湘西正名,闭塞、落后、野蛮都是被强加的不实之词。

  杨帆老县长生于雪峰山,长于雪峰山,工作在雪峰山,一辈子没有离开过雪峰山,挥之不去的雪峰山情结根深蒂固。他几十年如一日,广泛收集、精心整理、深入研究历代诗人词家描写雪峰山、吟诵沅江水的诗词作品,用"十一年磨一剑"也不足以形容他付出的辛劳。编辑注解别人的作品不同于自己创作。创作是想象的艺术,真实既是生活的真实,更是艺术的真实,作者在这一前提下具有自由驰骋的广阔空间,所谓思接千载,神游万仞。编注的真实是事实的真实,不允许有任何主观臆想,无论是对作品的解读、作者的生平介绍,或是对作品涉及的典籍掌故的诠释,以及时空概念的表述,都必须做到千真万确,准确无误,想当然是编注的大忌。而研究古代的作品与作者,由于年代久远,文献资料不足,大量的置疑需要求证,没有坚定的意志与顽强的毅力,没有一丝不苟的治学精神,没有足够的文史知识积累,是做不成这件事的。

  "莫道桑榆晚,为霞尚满天。"《雪峰诗词选注》体现了老县长对雪峰山文化的敬畏之情。其治学之严谨、研究之深入、注解之准确,包括我在内的读者都会为之感动,敬佩不已。他是系统研究雪峰山古代诗词的第一人,《雪峰诗词选注》是系统介绍雪峰山古代诗词作品、作家的第一书,开系统研究雪峰山古诗词之先河,功莫大焉!

  是为序。

(陈黎明:湖南雪峰山生态文化旅游公司实控人、雪峰文化研究会会长。)

明珠再闪光

——序《雪峰诗词选注》

邓宏顺

辛丑二月，万物苏醒。78岁的杨帆老县长，将其耗费数十年心血编注而成的《雪峰诗词选注》书稿捧出来，嘱我看后作序。师长之愿，不可有违。

翻开书稿，如沿历史长河溯源而进，在战国时期的沅水河岸与三闾大夫屈原相遇，听他吟诵《涉江》《山鬼》和《橘颂》。然后，从此起程，又顺历史长河而下，跟着古代诗人们的背影，在雪峰山区的沅水流域、资江流域，欣赏那些奇山秀水和坐落在这山水间的古老村庄和城镇，并抖开诗词的翅膀，用自己的想象复现几百年、几千年前这里的自然风光、人们的社会生活和诗人们的思想情感。于是，就像拉开一座宝藏的大门，置身其中，目之所及，皆闪闪放光，璀璨夺目。

此书所收集、整理、加注的诗词，上至战国，下截晚清的两千多年来深埋在历史长河的描写雪峰山区自然、人文的古诗词。

要在两千多年的历史文献中找到这么多件作品，确非易事。这是一个几乎与时下的名利观相去甚远的冷门，而且，在缺少图书馆、资料馆作支撑的情况下，全靠一个人在广泛阅读和日积月累中尽力，若不是杨老县长有心有恒，恐怕难有人能完成。杨老县长1967年毕业于湖南师范大学中文系,年轻时曾专心唐诗研究,故于古代诗词作注已备足功力。以此为起点,他从20世纪70年代开始,四十余年来,一直注意收集有关雪峰山区的诗词和文史资料。他在此前出版的《五溪诗选》一书,被专家、教授们列为这一领域的重要参考书目,现在,《雪峰诗词选注》又将填补雪峰山区古代诗词收集整理的空白。

杨老县长在完成这件大事的数年中,常以邓显鹤为楷模,我曾多次听他赞叹:"邓显鹤这个人真是了不起!"邓显鹤为清嘉道时期的新化人,号湘皋,著名学者,文献家。少年好诗文,清嘉庆九年(1804年)中举,官宁乡县训导,晚年主讲濂溪书院,毕其一生之力对湖南地方文献作搜集整理,其校勘并增辑有周圣楷所作《楚宝》;搜集整理王夫之遗作,辑成《船山遗书》;编纂《资江耆旧集》六十四卷、《沅湘耆旧集》二百卷等。《清史稿》称他"以纂述为事,心系楚南文献者三十年",湖南后学尊其为"楚南文献第一人",梁启超称他为"湘学复兴之导师"。杨帆老县长虽几十年从政,以能为百姓办事为乐,然其内心仍与地方文史情深,亦受邓显鹤之为学感染,至今仍以能完成此书为人生之大趣。

《雪峰诗词选注》的文化价值不可低估。一是此书整合、丰富了雪峰山区的一大人文资源,填补了雪峰山古代诗词会集成书的空白。中国是诗词的家园,其诗词作品浩若烟海,但雪峰山区的诗词能以如此壮观阵容,列队集合站在中国诗词面前展示古诗词之美,似为首次。二是,此前,这些诗词皆散埋在各种文献里,如在沃土深处的宝石,人们无法欣赏到它们的美丽。而今,这部书的出版,使我们可以把这些诗词或列于案前,或置于枕边,尤其雪峰山区的人们,随时可找到与我们地域生活息息相关的古代诗词来鉴赏,用以丰富我们的想象之门,拓展我们的纵深视域,为当代文史领域提供独特的营养。三是为全面认知雪峰山区的自然历史地理和人文历史地理推开了一条新的路径。我们在这些诗词中可以领略到雪峰山区的奇山秀水、历史变迁和很多人物命运。这无疑是一笔宝贵的人文资源!此书还展示了雪峰山区的不少文化密码。比如我们从中可以了解屈原与"辰阳"和"溆浦"的关系,比如我们可以了解李白和王昌龄以及"龙标"(黔城)的关系,以及明朝监察御史米助国（辰溪人）一门四代诗书传家，皆有诗作存世。比如清代汉中知府严如熤（溆浦人）父子皆入《清史》，并有作品存世，比如清代良臣陶澍（安化人）一门三代由微至盛的文化脉络与存世的诗词佳作，等等。

《雪峰诗词选注》一书的文化价值的确一言难尽，尤其随着历史的前行，此书还会越来越显得珍贵。

最后，这本书能顺利出版要非常感谢陈黎明先生。雪峰山之子陈黎明先生创业成功，其公司上市后，他将自己的大笔资金带回家乡，帮助乡亲们搞乡村振兴。他2014年创立了雪峰文化研究会，以树立雪峰山区人的文化自觉、自省与自信来开创文化旅游大业。6年后，杨帆老县长的这本书稿来到雪峰文化研究会办公室。时机总属于有准备之人，会长陈黎明欣然决定出资将此书出版。这在出版界走向市场的今天，无疑是至关重要的支持。广大读者不仅要感谢作者，更要感谢陈黎明先生。

2021年3月23日于怀化翰墨轩

（邓宏顺：时为中国作家协会会员，湖南省作家协会名誉主席。著有长篇小说、中篇小说、散文、报告文学等多种。）

目 录

001 屈 原
　　九章·涉江 …………………………………………… 001
　　九歌·山鬼 …………………………………………… 004
　　九章·橘颂 …………………………………………… 005

007 马 援
　　武溪深行 ……………………………………………… 007

008 刘孝胜
　　武溪深行 ……………………………………………… 008

009 萧 纲
　　入溆浦 ………………………………………………… 009

010 李 白
　　闻王昌龄左迁龙标遥有此寄 ………………………… 010

- 011 杜 甫
  - 送王十五判官扶侍还黔中·得开字 …………………………… 011

- 012 王昌龄
  - 芙蓉楼送辛渐 …………………………………………………… 012
  - 别辛渐 …………………………………………………………… 012
  - 别皇甫五 ………………………………………………………… 012
  - 龙标野宴 ………………………………………………………… 012
  - 送柴侍御 ………………………………………………………… 013
  - 送程六 …………………………………………………………… 013
  - 卢溪别人 ………………………………………………………… 013
  - 送魏二 …………………………………………………………… 013

- 014 戎 昱
  - 辰州闻大驾还宫 ………………………………………………… 014
  - 送辰州郑使君 …………………………………………………… 014
  - 辰州建中四年多怀 ……………………………………………… 015
  - 谪官辰州冬至日有感 …………………………………………… 015

- 016 许 彬
  - 黔中书事 ………………………………………………………… 016

- 017 司空曙
  - 送庞判官赴黔中 ………………………………………………… 017

- 018 张 谓
  - 辰阳即事 ………………………………………………………… 018

- 019 郎士元
  - 赠钱起秋夜宿灵台寺见寄 ……………………………………… 019

020 刘长卿
送侯御赴黔中充判官 ·················· 020

021 岑 参
晚发五渡 ·························· 021

022 韩 翃
送辰州李中丞 ······················ 022

023 刘禹锡
经伏波神祠 ························ 023
竞渡曲 ···························· 024

025 李群玉
沅江渔者 ·························· 025
南庄春晚 ·························· 025
卢溪道中 ·························· 025

026 皇甫冉
夜发沅江寄李颍川刘侍郎 ············ 026
初出沅江夜入湖 ···················· 026

027 高力士
感巫州荠菜 ························ 027

028 胡 曾
寒食都门作 ························ 028
独不见 ···························· 028
赠渔者 ···························· 028
题周瑜将军庙 ······················ 029

3

030　张　咏
舟次辰阳 …… 030

031　陶　弼
白雾驿 …… 031
赠章使君 …… 031
沅　州 …… 031
辰州三首 …… 032
五　溪 …… 032

033　黄庭坚
朝拜二酉山 …… 033

034　王庭珪
入辰州界道中用顿子韵 …… 034
送顿子归庐陵 …… 034
谪辰州 …… 034
夜坐听沅江水声 …… 035
虞美人·辰州上元 …… 035
江城子·又辰州上元 …… 035
菩萨蛮·武陵溪上沅陵渡 …… 036
临江仙·寂寞久无红袖饮 …… 036
赠胡绍立并序 …… 036
离辰州二首 …… 037
辰州僻远，乙亥十二月方闻秦太师 …… 037
赠别陈君绥并序 …… 038

039　朱　熹
辰溪江东寺碑刻诗 …… 039

040 魏了翁
靖州龙凤岩 ……………………………………………… 040
鹤山书院 ………………………………………………… 040
将入靖州界适值肩吾生日为诗以寿之 ………………… 041

042 乐雷发
送友人之辰州觐省 ……………………………………… 042

043 蔡 明
麸金行 …………………………………………………… 043

044 刘 瑞
壶头山 …………………………………………………… 044
瓮子洞 …………………………………………………… 044

045 于子仁
泰山歌 …………………………………………………… 045
李太白把酒问月图 ……………………………………… 046
海门赋 …………………………………………………… 046

047 杨廷芳
洛阳洞 …………………………………………………… 047
卧闻东山寺晓钟 ………………………………………… 047
晚渡神滩 ………………………………………………… 048

049 伍 佐
金陵送别陶石城还乡 …………………………………… 049

050 管 讷
从征古州蛮归途纪驿 …………………………………… 050

052 杨士奇
   送张令至麻阳 ······ 052

053 王 珩
   武溪观涨 ······ 053
   秋夜斧头岩望月二首 ······ 053

054 张 骥
   任城道中望泰山 ······ 054
   浙江舟中偶成 ······ 054

055 姜子万
   望安化 ······ 055

056 谌必敬
   鬓 边 ······ 056

057 陶廷弼
   致仕自述 ······ 057

058 李廷琮
   泊梅子洲 ······ 058

059 吴 琛
   过辰阳漫兴 ······ 059

060 伍文定
   白沙滩 ······ 060

061　唐凤仪
　　芒事竣简戴侍御 ………………………………………… 061

063　李　篆
　　登芙蓉山 ………………………………………………… 063
　　自　述 …………………………………………………… 063

064　王守仁
　　泊溆浦 …………………………………………………… 064
　　辰溪大酉洞 ……………………………………………… 064
　　阳罗旧驿 ………………………………………………… 065
　　辰州虎溪隆兴寺闻杨名父将至留韵壁间 ……………… 065
　　沅水驿 …………………………………………………… 065
　　沅江晚泊二首 …………………………………………… 066
　　钟鼓洞 …………………………………………………… 066

067　何景明
　　过辰溪 …………………………………………………… 067

068　薛　瑄
　　辰溪晓泛 ………………………………………………… 068
　　大酉洞 …………………………………………………… 068
　　辰阳端午遣怀二首 ……………………………………… 069
　　春日再发沅州 …………………………………………… 069
　　辰州喜雪 ………………………………………………… 070
　　钟鼓洞 …………………………………………………… 070
　　沅州元夕 ………………………………………………… 070
　　过沅州罗旧堡 …………………………………………… 071
　　度蜈蚣关 ………………………………………………… 071

072 李　琥
　　归田诗 …………………………………………………… 072

073 蒋　英
　　吊宋忠节 ………………………………………………… 073

074 杨　慎
　　宿马底驿 ………………………………………………… 074
　　沅江曲二首 ……………………………………………… 074

075 唐愈贤
　　伏波祠 …………………………………………………… 075
　　岳武穆祠 ………………………………………………… 075

076 沈　镒
　　吊宋义卿先生 …………………………………………… 076

077 许　潮
　　吊宋忠节公 ……………………………………………… 077

078 周尚文
　　嘉忠祠谒宋忠节公 ……………………………………… 078

079 郭　棐
　　万历戊子秋游钟鼓洞因怀王文成公即次原韵 ………… 079

080 李焕然
　　登叶家山 ………………………………………………… 080

8

081 李　乐
　　鹿泉洞 ··· 081
　　兰泉山 ··· 081
　　卢　水 ··· 082
　　龙　溪 ··· 082

083 牛　凤
　　兰泉山 ··· 083
　　浦市山庵忆旧 ··· 083

084 朱鸣阳
　　辰州伏波庙 ·· 084

085 何　经
　　经酉水 ··· 085
　　砂井凝丹 ·· 085
　　壶头夜月 ·· 086

087 康正宗
　　双清亭有感 ·· 087

088 王德立
　　湘浦吟，为杨友母赋 ·· 088

089 易登瀛
　　辰州道中四首 ··· 089

090 张景贤
　　同岑蒲谷、王大酉、李缉庵登阳明书院 ························· 090

091　王　京
　　　卢　水 ··· 091

092　张继志
　　　南　山 ··· 092

093　邹元标
　　　辰溪钟鼓洞 ··· 093

094　侯加地
　　　辰州北极观 ··· 094
　　　过辰阳 ··· 094
　　　泊横石滩 ·· 095
　　　辰溪次曹明府 ··· 095

096　曹行健
　　　辰溪郊行巡耕 ··· 096

097　曹一夔
　　　登威溪山 ·· 097
　　　南　山 ··· 098
　　　云　山 ··· 099
　　　宝方山 ··· 099

100　张文耀
　　　夏日同客集北郊崇兴禅寺 ······································ 100

101　樊良枢
　　　渡辰江谒伏波祠 ·· 101
　　　凭虚楼小集 ··· 101

102 车大任
过秋田访胡先生墓二首 …………………………………………… 102
别临清武双溪 ………………………………………………………… 102
金溪苦雨 ……………………………………………………………… 103
送吴求蜀还蒲圻 ……………………………………………………… 103
平谷署新成酬王明府 ………………………………………………… 103
平谷答客 ……………………………………………………………… 103
北　塔 ………………………………………………………………… 104
刘在田侍御诏起西台送别 …………………………………………… 104

105 刘应龙
次韵东山寺无量袈裟 ………………………………………………… 105

106 江盈科
辰阳舟中 ……………………………………………………………… 106

107 张士升
怀九矶 ………………………………………………………………… 107
界亭道中 ……………………………………………………………… 108
步野寺 ………………………………………………………………… 108

109 余鹍翔
家远辰阳宦游萍梗悲秋有作遥寄故人 ……………………………… 109
闻刘念台先生被放 …………………………………………………… 110
悲秋有作遥寄辰阳故人 ……………………………………………… 110

112 潘应斗
资江晚渡 ……………………………………………………………… 112
晓望云山 ……………………………………………………………… 112
云根石 ………………………………………………………………… 113

11

天池观 …………………………………………………… 113
　　　登威溪山因而卜筑四首 …………………………… 114

115　杨嗣昌
　　　彝望山 ………………………………………………… 115

116　刘伯瀚
　　　过船溪望玉华洞二首 ……………………………… 116

117　薛　纲
　　　沅州除夜 ……………………………………………… 117

118　李　栋
　　　仙艖壑 ………………………………………………… 118
　　　玉田歌 ………………………………………………… 118

119　叶宪祖
　　　游大酉洞 ……………………………………………… 119

120　朱之蕃
　　　龙津桥 ………………………………………………… 120

121　唐九宫
　　　虎溪山次王澹庵先生韵 …………………………… 121
　　　游小酉洞柬王太守 ………………………………… 121
　　　题观上人画 ………………………………………… 122

123　满朝荐
　　　丙寅游大酉洞作二首 ……………………………… 123
　　　念四出城父老攀辕二首 …………………………… 124

自　励	124
狱中思家	125
镇抚司拷	125
咏中山酒	125
新丰道中次杨修龄韵话别二首	126
卫辉薛锦衣邀饮	127
涿野怀古	127
狱中即事二首	128
夜闻钟鼓	129
狱中栽松数株有感二首	129
寄杨修龄	130
怀姚岱给谏	130

131　杨　鹤
钱满太仆赦归 …… 131

132　刘文箕
龙　潭 …… 132

133　周　澄
过东郊三峿寺 …… 133

134　张　岳
九日登辰州客山 …… 134

135　徐　楚
游泸溪兰泉山 …… 135

136　陶钦夔
过钟鼓洞步阳明先生韵 …… 136

137 林 真
辛女岩 ……………………………………………… 137

138 陈君宠
被拘口占示受者二首 ……………………………… 138

139 车以遵
双清亭 ……………………………………………… 139
饮　酒 ……………………………………………… 140
游　仙 ……………………………………………… 140
七夕分咏 …………………………………………… 140
舟　夜 ……………………………………………… 141
江上歌声 …………………………………………… 141
秋霖接续吟 ………………………………………… 141
十月桃花 …………………………………………… 142
旧　游 ……………………………………………… 142

143 邓祥麟
挽一念和尚有序 …………………………………… 143
月夜礼和尚塔 ……………………………………… 144
冬日游温泉洞和石壁原韵 ………………………… 144
游双清亭 …………………………………………… 144

145 车鼎黄
六十自寿诗 ………………………………………… 145
双清亭次彭禹峰廉镇韵 …………………………… 145

146 张文解
云　山 ……………………………………………… 146
秋日登望云山 ……………………………………… 146

147　王嗣乾
过白塔新庵 …………………………………………………… 147
五台庵同刘澹山茗话候月，示山樗和尚 …………………… 147
仙泉井 ………………………………………………………… 148
同钱开少、车孝思、郭幼隗诸君游白云崖 ………………… 148
戊子溃兵之变，焚掠甚惨舒若讷赴其尊人慎吾丈于火并罹于难，诗以哭之 …………………………………………………… 149
东山书院访车香涵 …………………………………………… 149
九日送潘章辰梦白归武冈 …………………………………… 149

150　王嗣翰
避兵西岭 ……………………………………………………… 150
枫岭隐居 ……………………………………………………… 150

151　陈宝篆
资江夜泛 ……………………………………………………… 151

152　刘春莱
云外钟声 ……………………………………………………… 152
仙桥横汉 ……………………………………………………… 152
石群足迹 ……………………………………………………… 152

153　晏际盛
学宫修复落成感而有作 ……………………………………… 153
石　舟 ………………………………………………………… 153

154　邹　蒙
和林邑侯举行乡射礼即次元韵 ……………………………… 154
友人邀游文仙山感而有作 …………………………………… 154

15

155 王尚贤
　　三渡水阁 …………………………………………………… 155
　　再过邵阳示友 ……………………………………………… 155

156 释无涯
　　悟道偈 ……………………………………………………… 156
　　云山即事 …………………………………………………… 156

157 湖山隐者
　　泊沅江 ……………………………………………………… 157

158 钟　惺
　　黔还至辰溪怀蔡敬夫监司既见赠诗二首 ………………… 158

160 邓子龙
　　登辰溪真武殿 ……………………………………………… 160
　　登飞山 ……………………………………………………… 160

161 邓启愚
　　招屈亭 ……………………………………………………… 161
　　卢峰怀古 …………………………………………………… 161
　　鹤鸣山 ……………………………………………………… 161

162 舒高昆
　　剑州临难寄杨阁部文弱 …………………………………… 162

163 舒自志
　　哭族父昆山殉难剑州 ……………………………………… 163

164 阙士奇
　　钟鼓洞 ································· 164

165 熊鸣渭
　　莲花洞 ································· 165

166 唐文绚
　　莲花洞 ································· 166

167 尹三聘
　　雨夜晤金给事作 ························· 167
　　寄里中故人 ····························· 167

168 米肇灏
　　椒庄三首 ······························· 168

169 米元倜
　　书　感 ································· 169
　　登罗公山 ······························· 169
　　溆浦道中 ······························· 170
　　登小横山 ······························· 170
　　雨后书兴 ······························· 170
　　界止亭 ································· 171
　　罗峰草堂杂咏 ··························· 171
　　游东山长隐寺 ··························· 173
　　铁溪即事 ······························· 173

174 刘应祁
　　浮云石访超宗禅师 ······················· 174
　　访陈伯时石人江上，次车与三太史韵 ······· 174

17

哭车孝思先生 …………………………………………… 175

176　王士祯
　　武溪水 ………………………………………………… 176

177　曾文贯
　　秋日过石城桥 ………………………………………… 177

178　蒋大年
　　资江酬友 ……………………………………………… 178

179　余子锦
　　鉴溪二洞诗 …………………………………………… 179
　　二月自县回路中作 …………………………………… 180

181　沈可济
　　峒　中 ………………………………………………… 181

182　唐懋载
　　园中寄怀修郡乘诸君子 ……………………………… 182
　　同友人采兰大云山 …………………………………… 182

183　向文焕
　　唐维翰年丈招饮，坐中次韵酬之 …………………… 183
　　游金斗山 ……………………………………………… 183
　　怡园秋兴 ……………………………………………… 183
　　过辰溪谒朱明府 ……………………………………… 184
　　三月晦日，同张父母、江州刘柳民泛舟，饮香炉崖 … 184
　　雨后得月，有怀舫师 ………………………………… 184
　　久雨修菊，兼移赠张容园邑侯 ……………………… 185

18

柳　溪 …………………………………………… 185
　　同张邑侯沅江道上 …………………………… 185

186　胡统虞
　　夜宿辰溪 ……………………………………… 186

187　毛际可
　　仙人沉香船 …………………………………… 187

188　潘亮渊
　　渔潭晚钓 ……………………………………… 188
　　小酉山怀古 …………………………………… 188

189　唐之正
　　小酉山晚眺 …………………………………… 189

190　马上彦
　　北河行 ………………………………………… 190

191　高应雷
　　紫荆山 ………………………………………… 191

192　王鳞次
　　舟过辛女岩有感 ……………………………… 192

193　黄与坚
　　辰龙关 ………………………………………… 193

195　彭而述
　　登飞山二首 …………………………………… 195

19

戊子、辛丑两过会同二首 ·················· 196

197 米元偲
　　登罗子山 ······································ 197

198 米元俊
　　秋日重过椒溪 ·································· 198

199 佘　模
　　秋行西溪 ······································ 199
　　春步辰山 ······································ 199
　　重登凤凰山 ···································· 199
　　望明月峰 ······································ 200

201 向春藻
　　莲花洞避暑 ···································· 201

202 何　璘
　　虎溪书院 ······································ 202

203 车万育
　　怀园秋兴 ······································ 203
　　怡园秋兴 ······································ 203
　　春暮李郡伯招同诸公游桃花洞 ·············· 203
　　哭仲兄只山 ···································· 204

205 吴李芳
　　重登双清亭 ···································· 205
　　中秋夜集次郡伯李公韵 ······················ 205

206 唐时邻
和车孝思先生寄古灯和尚 ·············· 206
雨中潘章辰、梦白两社长过访，次韵 ·············· 206
游桃花洞，还访石隐庵僧同许寻远、邓子与兄弟 ·············· 206

207 车泌书
白云岩 ·············· 207
慈寿寺 ·············· 207
西园偶述 ·············· 207

209 唐时渊
同游冰溪次韵 ·············· 209
桃花洞 ·············· 209

210 杨　素
即　目 ·············· 210

211 陈公禄
郑圣来具舟载酒招同唐十泉、车涵夫，与三太史、郑秀子游冰溪作 ·············· 211
西湖吟 ·············· 211

212 释达明
秋日怀云峰 ·············· 212
登溆浦潮音阁 ·············· 212

213 查慎行
自沅州抵麻阳二首 ·············· 213
麻阳运船行 ·············· 213

辰溪县晚泊 …………………………………… 215
壶头山伏波庙 ………………………………… 215

216 后 记

屈 原

屈原，名平，字灵均，战国时期楚国丹阳秭归（今湖北宜昌）人，政治家，伟大的爱国主义诗人，骚体诗的创始人，中国浪漫主义文学的奠基人。早年受楚怀王信任，任左徒、三闾大夫，兼管内政外交大事。顷襄王时放逐于沅水流域，在沅水流域活动近十年。楚国郢都被秦军攻破后，自沉于汨罗江，以身殉国。

九章·涉江

余幼好此奇服兮[1]，年既老而不衰。
带长铗之陆离兮[2]，冠切云之崔嵬[3]。
被明月兮珮宝璐[4]。
世溷浊而莫余知兮[5]，吾方高驰而不顾。
驾青虬兮骖白螭[6]，吾与重华游兮瑶之圃[7]。
登昆仑兮食玉英[8]，与天地兮同寿，与日月兮同光。

---

[1] 奇服：奇伟的服饰，与下文的长铗、切云、明月、宝璐等而言，喻志行高洁，与众不同。
[2] 长铗：长剑。陆离：剑光灿烂的样子。
[3] 切云：高冠名。崔嵬：高的样子。
[4] 被：披，佩带。明月：珍珠，夜光珠。珮：同"佩"。璐：美玉。
[5] 溷浊：同"混浊"，不清白。
[6] 虬：有角的龙。螭：无角的龙。
[7] 重华：舜名。瑶，美玉。
[8] 玉英：玉树上开的花。

哀南夷之莫吾知兮[1]，旦余济乎江湘！[2]
乘鄂渚而反顾兮[3]，欸秋冬之绪风[4]。
步余马兮山皋[5]，邸余车兮方林[6]。
乘舲船余上沅兮[7]，齐吴榜以击汰[8]。
船容与而不进兮[9]，淹回水而疑滞[10]。
朝发枉渚兮[11]，夕宿辰阳[12]。
苟余心之端直兮[13]，虽僻远其何伤。
入溆浦余儃佪兮[14]，迷不知吾所如[15]。
深林杳以冥冥兮[16]，乃猿狖之所居[17]。
山峻高以蔽日兮，下幽晦以多雨。

---

[1] 南夷：屈原流放所经之地，旧说指楚人。王夫之说："武陵西南蛮夷，今辰沅之苗种也。"似为确切。

[2] 旦：早晨，此指第二天早晨。济：渡过。江湘：长江和湘水。蒋骥说："按湘水为洞庭正流，故《水经》以洞庭为湘水，济洞庭，即济湘也。"较确切。

[3] 鄂渚：地名，在今湖北武昌县。

[4] 欸：叹。绪风：余风。

[5] 山皋：依山傍水的高地。

[6] 邸：同"抵"，抵达，到。方林：芳林，有花的树林。

[7] 舲船：有篷有窗的大船。上：溯流而上。沅：沅水。

[8] 吴榜：长而大的桨，指橹。汰：水波。

[9] 容与：缓慢前进的样子。

[10] 淹：停留。回水：回旋的水流。疑滞：即凝滞，停滞不前。

[11] 枉渚：地名，旧说在今常德市南。玩诗意，疑指辰溪与泸溪交界处沅水中之当江洲或浦市一带。

[12] 辰阳：辰水之阳，古以山南水北为阳。据传屈原入辰溪在今县城东20里付家湾住过一晚。辰溪古为辰阳。

[13] 端直：正直。

[14] 溆浦：溆水入沅之口，溆浦县名因此。儃佪：徘徊。

[15] 如：到，往。

[16] 杳：幽深。冥冥：阴暗貌。

[17] 狖：猿类，黑色，长尾。

霰雪纷其无垠兮[1]，云霏霏而承宇[2]。
哀吾生之无乐兮，幽独处乎山中。
吾不能变心而从俗兮，固将愁苦而终穷[3]。
接舆髡首兮[4]，桑扈裸行[5]。
忠不必用兮，贤不必以[6]。
伍子逢殃兮[7]，比干菹醢[8]。
与前世而皆然兮，吾又何怨乎今之人。
余将董道而不豫兮[9]，固将重昏而终身[10]！
乱曰：鸾鸟凤凰，日以远兮，燕雀乌鹊，巢堂坛兮。
露申辛夷[11]，死林薄兮[12]。腥臊并御，芳不得薄兮。
阴阳易位，时不当兮。怀信侘傺[13]，忽乎吾将行兮[14]。

---

[1] 霰雪：雪珠。无垠：无边无际。
[2] 霏霏：云气浓重的样子。承宇：与屋檐相接。
[3] 终穷：穷困到底。
[4] 接舆：古代隐士。髡首：剃去头发，古代刑罚之一，相传接舆曾自刑身体避世不出。
[5] 桑扈：古代隐士。《庄子·大宗师》篇作"子桑户"。
[6] 以：用的意思。
[7] 伍子：伍子胥，因忠谏吴王夫差而被杀。
[8] 比干：商纣时贤臣，因进谏被杀。菹醢：酸菜和肉酱，此指被残杀。
[9] 董道：正道。
[10] 重昏：层层黑暗。
[11] 露申辛夷：两种香草名。
[12] 林薄：草木丛生之地。
[13] 怀信：怀抱忠信。侘傺：失意的样子。
[14] 忽乎：迅速、立即。

003

九歌·山鬼

若有人兮山之阿[1]，被薜荔兮带女萝[2]。
即含睇兮又宜笑[3]，子慕予兮善窈窕[4]。
乘赤豹兮从文狸[5]，辛夷车兮结桂旗[6]。
被石兰兮带杜衡，折芳馨兮遗所思[7]。
余处幽篁兮终不见天[8]，路险难兮独后来。
表独立兮山之上[9]，云容容兮而在下[10]。
杳冥冥兮羌昼晦[11]，东风飘兮神灵雨。
留灵修兮憺忘归[12]，岁既晏兮孰华予[13]？
采三秀兮于山间[14]，石磊磊兮葛蔓蔓。
怨公子兮怅忘归，君思我兮不得闲。
山中人兮芳杜若[15]，饮石泉兮荫松柏，
君思我兮然疑作。

---

[1] 人：指山鬼。
[2] 被：同披。薜荔：蔓生植物。带女萝：以女萝为带。女萝，地衣类植物，一名松萝。
[3] 含睇：眼睛含情而视。睇，微视。宜笑：很自然的笑。
[4] 子：和下文的灵修、公子、君，均指山鬼所思念的人。
[5] 豹：赤豹，毛赤褐，有黑色斑点，故曰赤豹。狸，狐一类动物。文狸：有花纹的狸。
[6] 结：编结。辛夷、石兰、杜衡，指香花香草。
[7] 遗：送给。
[8] 幽篁：竹林深处。篁，竹的通称，引申作竹林解。
[9] 表：特，形容山鬼处境的夐高幽远，隔绝人世。
[10] 容容：同"溶溶"。
[11] 昼晦：白天光线昏暗。
[12] 留灵修：为灵修而留。憺：忧愁。
[13] 岁既晏：言岁月迟暮。
[14] 三秀：芝草的别名。植物开花叫秀，芝草一年开三次花，所以叫三秀。
[15] 杜若：香草名。一名杜蘅、杜莲、山姜。

雷填填兮雨冥冥[1],猨啾啾兮狖夜鸣。
风飒飒兮木萧萧,思公子兮徒离忧[2]。

九章·橘颂

后皇嘉树,橘徕服兮[3]。
受命不迁,生南国兮[4]。
深固难徙,更壹志兮[5]。
绿叶素荣,纷其可喜兮[6]。
曾枝剡棘,圜果抟兮[7]。
青黄杂糅,文章烂兮[8]。
精色内白,类任道兮[9]。
纷缊宜脩,姱而不丑兮[10]。

---

[1] 填填:雷声。
[2] 离忧:忧伤。
[3] 后皇嘉树二句:说橘树是天地间美好的一个树种,从一开始就适宜于当地的土壤和气候。后,后土。皇,皇天。嘉树,美好的树。徕,同"来"。服,习惯,适宜。
[4] 受命不迁二句:说橘树受命于天地,生于南国(楚国),不可迁移。《晏子春秋·杂下之十》:"婴闻之:橘生淮南则为橘,生于淮北则为枳。"
[5] 深固难徙二句:橘树是多年生灌木,根深蒂固,难徙与不迁为对文,意义相同。壹,专一。
[6] 绿叶素荣二句:素荣,素雅的花。木开花叫华,草开花叫荣,荣是花的通称。纷,特别美的样子。
[7] 曾枝剡棘二句:曾枝,一层一层的树枝。曾,同"层"。剡,锐利。棘,刺。圜,同"圆",抟,同"团",说橘树结的果是圆圆的。
[8] 青黄杂糅二句:橘子成熟了的是黄的,未完全成熟的是青中带黄的,看上去,文采斑斓。
[9] 精色内白二句:精色,橘子表皮有鲜明的延伸,内瓤是洁白的。类,似。任道,担当道义。
[10] 纷缊宜修二句:纷缊,香气弥漫。脩,通"修"。宜脩,美好。姱,美好。

嗟尔幼志，有以异兮[1]。
独立不迁，岂不可喜兮[2]？
深固难徙，廓其无求兮[3]。
苏世独立，横而不流兮[4]。
闭心自慎，终不失过兮[5]。
秉德无私，参天地兮[6]。
愿岁并谢，与长友兮[7]。
淑离不淫，梗其有理兮[8]。
年岁虽少，可师长兮[9]。
行比伯夷，置以为像兮[10]。

---

[1] 嗟尔幼志二句：嗟，赞叹词。尔，你，指橘。异，优异，不同于一般的树木。

[2] 独立不迁：独立于世而不变初心，作者自喻。

[3] 深固难徙二句：廓，旷远无牵累貌。

[4] 苏世独立二句：苏世独立，犹醒世独立。苏，醒。不流，不随波逐流。

[5] 闭心自慎二句：闭心，凡事藏在心里，就是自慎的意思。失过，就是过失。

[6] 秉德无私二句：天地以公正为心，故云。参，合也。

[7] 愿岁并谢二句：岁暮，其他树都落叶了，而橘树不落叶，不凋零，可以长期做朋友。岁，岁暮。

[8] 淑离不淫二句：淑，善也。离，丽也。梗，正直，指橘树的枝干。理，文理，指橘树的纤维。

[9] 年岁虽少二句：少读去声，即少年，与前文的"幼"同义。师长，长，读长辈、师长的长。犹言可以效法。师长，与下文的"像"同义。

[10] 行比伯夷二句：伯夷，殷末孤竹君的长子，周灭殷，伯夷耻食周粟，饿死于首阳山，是一位特立独行的君子。屈原拿橘树比伯夷，实自谓也。置以为像，种植在园中，作为榜样。置，植也。像，榜样。

马　援

　　马援，字文渊，东汉初扶风茂陵（今陕西兴平东北）人。封伏波将军，新息侯。建武二十五年（49年）领兵征五溪蛮，身染重病，死于沅陵壶头山。

武溪深行[1]

　　滔滔武溪一何深，
　　鸟飞不度，兽不敢临。
　　嗟哉，武溪多毒淫！

---

[1] 武溪：即武水，发源于凤凰县境，至泸溪县城武溪镇入沅水。从诗意看，此武溪当指沅水。沅水下游常德，东汉为武陵郡治，因武陵而谓沅水为武陵溪，诗称武溪，当为可能。

刘孝胜

刘孝胜，南朝梁诗人，彭城（今徐州）人。

武溪深行

武溪深不测，水安舟复轻。
暂侣庄生钓[1]，还滞鄂君行[2]。
棹歌争后发，噪鼓逐前征。
秦上山川险[3]，黔中木石并[4]。
林壑秋籁急，猿哀夜月明。
澄源本千仞，回峰忽万萦。
昭潭让无底[5]，太华推削成[6]。
日落野通气，目极怅余情。
下流曾不浊，长迈寂无声。
休学沧浪水，濯足复濯缨[7]。

---

[1] 庄生：庄子，庄周。《方舆胜览》云：濮州有庄子钓台。
[2] 鄂君：鄂君子皙，楚王母弟。越人悦其美而歌之。
[3] 秦上：陕西一带。
[4] 黔中：湖南西部和贵州东部，楚、秦均在此设黔中郡。
[5] 昭潭：在长沙县南昭山下，相传周昭王南征不复，没于此潭，故名。
[6] 太华：即西岳华山，因其西有少华山，故称太华。
[7] 濯足复濯缨句：《楚辞·渔父》："沧浪之水清兮，可以濯我缨，沧浪之水浊兮，可以濯我足。"此反其意而用之。

萧 纲

萧纲,即梁简文帝。12岁至青年时代任荆州、襄州刺史,曾到过溆浦一带。

入溆浦

泛水入回塘,空枝度日光。
竹垂悬扫浪,凫疑远避樯。

李 白

李白，字太白，号青莲居士，又号谪仙人，唐代浪漫主义诗人。

闻王昌龄左迁龙标遥有此寄

杨花落尽子规啼，闻道龙标过五溪[1]。
我寄愁心与明月，随风直到夜郎西[2]。

---

[1] 五溪：指沅水五大支流，历来说法不一，实指今怀化和湘西州及张家界地域。在诗人的概念里，五溪与夜郎所指几乎相同。
[2] 夜郎："夜郎自大"，所指的夜郎国，在贵州范围内。唐贞观五年（631年）置夜郎县，在今新晃及芷江西部。李白诗中的夜郎指后者。

杜 甫

  杜甫（712—770年），字子美，自号少陵野老，原籍湖北襄阳，后徙河南巩县，是唐代伟大的现实主义诗人。有《杜工部集》。他一生不得志，只做过胄曹参军、司功参军、检校工部员外郎等小官，历尽艰辛，贫病交加。晚年辗转至四川。在成都附近筑草堂定居。大历三年（768年）携家出川，流寓岳阳。大历五年（770年）冬死在由潭州至岳阳的小船上。

送王十五判官扶侍还黔中·得开字[1]

大家东征逐子回[2]，风生洲渚锦帆开[3]。
青青竹笋迎船出[4]，白白江鱼入馔来[5]。
离别不堪无限意，艰危深信济时才。
黔阳信使应稀少，莫怪频频劝酒杯。

---

[1] 王十五：其人不详，排行第十五。从诗中知其为黔阳人，时为判官。
[2] "大家"句：家，读同"姑"。东征：曹大家《东征赋》："维永初之有七分，余随子乎东征。"曹大家，即班昭，为后汉人。《后汉书》："大家子谷为陈留长，大家随至官，作东征赋。"
[3] 锦帆：即船帆，俗字雅用。阴铿诗："平湖锦帆开。"
[4] "青青"句：《楚国先贤传》："孟宗至孝，母好食笋，冬月无之。宗入林中哀号，笋为之出。"
[5] "白白"句：《东观汉记》："姜诗与妇佣作养母，母嗜鱼鲙，俄而涌泉舍宅，每旦出双鲤鱼。"此联说王十五孝顺。馔，饭食。

王昌龄

　　王昌龄，字少伯，唐长安人，开元进士。任汜水尉，校书郎，后贬官岭南，复任江宁县丞。天宝七载（748年），贬龙标（今洪江市）县尉。

芙蓉楼送辛渐

寒雨连江夜入吴，平明送客楚山孤。
洛阳亲友如相问，一片冰心在玉壶。

别辛渐

别馆萧条风雨寒，扁舟月色渡江看。
酒酣不识关西道，却望春江云尚残。

别皇甫五

溆浦潭阳隔楚山[1]，离尊不用起愁颜。
明祠灵响期昭应，天泽俱从此路还。

龙标野宴

沅溪夏晚足凉风，春酒相携就竹丛。
莫道弦歌愁远谪，青山明月不曾空。

---

[1] 潭阳：潭阳郡，治芷江。楚山，雪峰山。溆浦在雪峰山东边，潭阳在雪峰山西边。

送柴侍御

流水通波接武冈,送君不觉有离伤。
青山一道同云雨,明月何曾是两乡。

送程六

冬夜伤离在五溪,青云雪落脍橙齑[1]。
武冈前路看斜月,片片舟中云向西。

卢溪别人[2]

武陵溪口驻扁舟[3],溪水随君向北流。
行到荆门上三峡,莫将孤月对猿愁[4]。

送魏二

醉别江楼橘柚香[5],江风引雨入船凉。
忆君遥在湘山月,愁听清猿梦里长。

---

[1] 脍橙齑:切碎的鱼肉、蔬菜加橙汁制成的一道菜。
[2] 卢溪:今湖南泸溪县,因卢溪(又名武溪)名。
[3] 武陵溪:即卢溪。
[4] 孤月:《全唐诗》作"孤舟",《黔阳县志》作"孤月"。
[5] 江楼:芙蓉楼。橘柚香:清初向文焕《孤云亭集》称:"金鳌山上嘉树扶疏,中多橘柚。"

戎昱

戎昱，唐荆南（治今湖北江陵）人，少试进士不第。漫游荆南、湘、黔间。至德间以文学登进士。卫伯玉镇荆南，辟为从事。曾任虔州（今江西赣州）刺史。唐德宗建中年间（780—783年）任辰州刺史。后客居剑南、陇西。

辰州闻大驾还宫[1]

闻道銮舆归魏阙[2]，望云西拜喜成悲。
宁知陇水烟销日[3]，再有园林秋荐时[4]。
渭水战添亡戍血[5]，秦人生睹旧朝仪[6]。
自惭出守辰州畔，不得亲随日月旗[7]。

送辰州郑使君[8]

谁人不谴谪，君去独堪伤。
长子家无弟，慈亲老在堂。
惊魂随驿吏，冒暑向炎方[9]。
未到猿啼处，参差已断肠。

---

[1] 大驾：指皇帝。
[2] 銮舆：本指皇帝出行时的仪仗车驾，此代皇帝。魏阙：亦叫象魏，为宫门悬法之所。此指宫阙，都城。
[3] 烟销：烽烟消散，喻叛乱平定，战争结束。
[4] 秋荐：指秋试，旧时科举考试均在秋季。
[5] 亡戍血：死亡的戍边将士的鲜血。《全唐诗》"戍"作"虏"。
[6] 朝仪：臣下朝见君主的礼仪。
[7] 日月旗：绘有日月图锦的旗帜。古代仅天子可用。比喻天子、皇帝。
[8] 郑使君：事迹不详。使君，汉时称刺史为使君，后亦称州郡守。
[9] 炎方：南方。南方炎热，故称炎方。

辰州建中四年多怀

荒缴辰阳远，穷秋瘴雨深。
主恩堪洒血，边臣更何心。
海上红旗满，生前白发侵。
竹寒宁改节，隼静早因禽。
务退门多掩，愁来酒独斟。
天涯忧国泪，无日不沾襟。

谪官辰州冬至日有感

去年长至在长安[1]，策杖曾簪獬豸冠[2]。
此岁长安逢至日，下阶遥想雪霜寒。
梦随行伍朝天去，身寄穷荒报国难。
北望南郊消息断，江头唯有泪阑干[3]。

---

[1] 长至：指夏至。此日白昼时间最长。
[2] 獬豸冠：古时御史和执法官员戴的帽子。
[3] 阑干：泪流纵横的样子。

许 彬

许彬，唐睦州（今浙江淳安）人，举进士不第。有诗一卷。

黔中书事

巴蜀水南偏，山穷塞垒宽。
岁时将近腊，草树未知寒。
独犹啼朝雨[1]，群牛向暮滩。
更闻蛮俗近，烽火不艰难。

---

[1] 犹：健犬。

司空曙

司空曙,字文明(一作文初),唐广平(今属河北)人。进士及第,为剑南节度使幕府。"大历十才子"之一,有《司空文明诗集》。

送庞判官赴黔中[1]

天远风烟异,西南见一方。
乱山来蜀道,诸水出辰阳[2]。
堆案青油暮,看棋画角长。
论文谁可制,记室有何郎[3]。

---

[1] 庞判官:事迹不详。
[2] 辰阳:汉置辰阳县,辖今怀化、湘西土家族苗族自治州及贵州铜仁一部。
[3] 何郎:指南朝梁诗人何逊,诗文出众。此以何逊比庞判官。

张　谓

张谓，字正言，河南人。唐宪宗元和二年（807年）进士。官至礼部侍郎。

辰阳即事[1]

青枫落叶正堪悲，黄菊残花欲待谁。
水近偏逢寒气早，山深常见日光迟。
愁中卜命研周易，病里招魂读楚词。
自恨不如湘浦雁，春来即是北归时。

---

[1] 此诗一说戎昱作。

郎士元

郎士元，字君胄，唐中山（今河北定县）人。天宝进士，官郢州（治所在今湖北钟祥）刺史。"大历十才子"之一，与钱起齐名。有《郎士元集》。

赠钱起秋夜宿灵台寺见寄[1]

石林精舍武溪东[2]，夜叩禅扉谒远公[3]。
月在上方诸品静，僧持半偈万缘空。
苍苔古道行应遍[4]，落木寒泉听不穷。
更忆双峰最高顶[5]，此心期与古人同。

---

[1] 钱起：字仲文，吴兴（今浙江湖州）人，天宝十载（751年）进士。"大历十才子"之一。有诗名。附：钱起《夜宿灵台寺寄郎士元》原诗："西日横山含碧空，东方吐月落禅宫。朝瞻双顶青冥上，夜宿诸天色界中。石潭倒献莲花水，塔院空闻松柏风。万里故人能尚尔，知君视听我心同。"原诗中"献"一作"泫"，或作"暎"。以暎为当。

[2] 精舍：佛舍。《晋书·孝武帝记》："帝初奉佛法，立精舍于殿内，引诸沙门以居之。"武溪：指泸溪。泸溪浦市唐代建有浦峰寺，宋代移于沅水东岸之江东，改名江东寺。故说武溪东。

[3] 禅扉：寺门。《全唐诗》作"禅关"。

[4] 苍苔句：《全唐诗》作"秋山竟日闻猿啸"。

[5] 更忆：《全唐诗》作"惟有"。

刘长卿

　　刘长卿，字文房，唐河间（今河北）人。开元进士，曾任长洲县尉。因事下狱，两遭贬谪，置移睦州司马，官终随州刺史。有《刘随州诗集》。

送侯御赴黔中充判官

不识黔中路，今看遣使臣。
猿随万里客，鸟似五湖人。
地远官无法，山深俗岂淳。
须令荒徼外[1]，亦解惧埋轮[2]。

---

[1] 荒徼：指边远荒凉的地方。
[2] 埋轮：见《后汉书》："遣八使徇行风俗……张纲独埋其轮于洛阳都亭，曰：'豺狼当道，安问狐狸？'遂奏劾大将军梁冀。"此用其典。

岑　参

　　岑参，唐南阳（今属河南）人。天宝进士，曾随高仙芝到安西、武威，后又往来于北庭、轮台间。官至嘉州刺史。诗与高适齐名，长于七言歌行，著有《岑嘉州集》。

晚发五渡

客厌巴南地[1]，乡邻剑北天。
江村片雨后，野寺夕阳边。
芋叶藏山径，芦花杂渚田。
舟行未可住，乘月且须牵。

---

[1] 巴南：大巴山以南。此指湘西及四川酉阳一带。

韩 翃

韩翃,字君平,唐南阳(今属河南)人。天宝进士。官至中书舍人。"大历十才子"之一。明人集有《韩君平集》。

送辰州李中丞[1]

白羽逐青丝,翩翩南下时。
巴人迎道路[2],蛮帅引旌旗[3]。
暮雨山开少,秋江叶落迟。
功成益地日,应见竹郎祠[4]。

---

[1] 李中丞:其人不详。中丞,监察御使之副职。
[2] 巴人:湘西土著民族系巴人之一支。
[3] 蛮帅:指土司。
[4] 竹郎祠:又名竹王祠。传说汉武帝时,有一女子浣于水滨,有三节大竹流入足间。闻有声,破而得一男儿,长而为王,以竹为姓。湘西各地及四川秀山酉阳等地均有祠,世代祀之。

刘禹锡

刘禹锡,字梦得,唐洛阳人。贞元九年(793年)进士,登博学宏词科,授监察御史。因参与王叔文集团,反对宦官专权和藩镇割据,失败后贬为朗州(今常德)司马,迁连州刺史。有《刘梦得文集》。

经伏波神祠[1]

濛濛篁竹下,有路上壶头。
汉垒麇鼯斗[2],蛮溪雾雨愁[3]。
怀人敬遗像,阅世指东流。
自负霸王略,安知恩泽侯。
乡园辞石柱,筋力尽炎洲[4]。
一以功名累,翻思马少游[5]。

---

[1] 伏波神祠:东汉伏波将军马援征五溪蛮,死于沅陵县北壶头山上,五代时建伏波庙于其上祀之。
[2] 汉垒:东汉朝廷。麇鼯斗:指当权的小人钩心斗角。麇,群也;鼯,鼠类,或谓飞鼠,喻小人当权者。
[3] 蛮溪:指五溪,五溪古为蛮夷之地。
[4] 炎洲:南方的水渚。
[5] 马少游:马援从弟。尝谓马援曰:"士生一世,但取衣食裁足,乘下泽车,御款段马,为郡椽史,守坟墓,乡里称善人,斯可矣。致求盈余,但自苦尔。"(见《后汉书·马援传》)。

竞渡曲[1]

沅江五月平堤流，邑人相将浮彩舟。
灵均何年歌已矣，哀谣振楫从此起。
扬桴击节雷阗阗[2]，乱流齐进声轰然。
蛟龙得雨鬐鬣动[3]，螮蝀饮河形影联[4]。
刺史临流褰翠帏，揭竿命爵分雄雌。
先鸣余勇争鼓舞，未至衔枚颜色沮。
百胜本自有前期，一飞由来无定所。
风俗如狂重此时，纵观云委江之湄[5]。
彩旗夹岸照鲛室[6]，罗袜凌波呈水嬉[7]。
曲终人散空愁暮，招屈亭前水东注[8]。

---

[1] 作者自注：竞渡始于武陵，及今举楫而相和之，其音咸呼云"何在"，斯招屈之意，事见《图经》。
[2] 桴：鼓槌。
[3] 鬐鬣：鱼的脊鬐，此指龙的脊鬐。
[4] 螮蝀（didong）：虹的别名。
[5] 湄：岸边，水与草相接的地方，《诗经·秦风·蒹葭》："所谓伊人，在水之湄。"
[6] 鲛室：指龙宫。鲛，蛟也，龙也。
[7] 水嬉：水上游乐。
[8] 招屈亭：在溆浦县骊山下，建于战国，纪念屈原，今废。

李群玉

李群玉，字文山，唐澧州（今澧县）人。举进士不第，后以布衣游长安，进诗于宣宗，授宏文馆校书郎。

沅江渔者

倚棹汀州沙日晚，江鲜野菜桃花饭[1]。
长歌一曲烟霭深，归去沧江绿波远[2]。

南庄春晚

草暖沙长望去舟，微茫烟浪向巴丘。
沅江寂寂春归尽，水绿蘋香人自愁。

卢溪道中[3]

晓发潺湲亭，夜宿潺湲水。
风篁扫石濑[4]，琴声九十里。
光满觉来眼，寒落梦中耳。
曾向三峡行，巴江亦如此[5]。

---

[1] 桃花饭：做饭后以梅红纸盖之，湿后去纸和匀则红白相间。此指用桃花米（糙米）做的饭。
[2] 沧江：水名，即汉水。此指沅江。
[3] 泸溪：又名武水，从泸溪县武阳镇入沅江。此指泸溪县。
[4] 风篁：风吹竹枝。篁，竹林。石濑：湍急的流水从石头上流过。
[5] 巴江：指长江。

皇甫冉

皇甫冉，字茂政，唐润州丹阳（今江苏镇江）人，天宝十五载（756年）中进士第一。历官无锡尉、左金吾兵曹、左拾遗、右补阙。

夜发沅江寄李颍川刘侍郎

半夜回舟入梦乡，月明山水共苍苍。
孤猿更发秋风里，不是愁人亦断肠。

初出沅江夜入湖

放溜出江口，回瞻松栝深[1]。
不知舟中月，更引湖间心。

---

[1] 松栝：松树和柏树。

高力士

高力士,本名冯元一,祖籍潘州(今广东高州市),唐玄宗时著名宦官。唐肃宗末流放巫州(今洪江黔城)。

感巫州荠菜[1]

两京作斤卖,五溪无人采。
夷夏虽有殊,气味都不改。

---

[1] 荠:荠菜,一种一年生的草本植物,可食。雪峰山区土名叫地地菜。清明时采之煮鸡蛋,据说吃了不长疮疥。

胡　曾

　　胡曾，唐时邵阳人，所居之地名秋田乡，故号曰秋田。咸通中举进士，不第。尝为汉南从事，高骈镇蜀，辟为掌书记。著有《安定集》十卷、《咏史诗》三卷。

寒食都门作

二年寒食住京华，寓目春风万万家。
金络马衔原上草，玉颜人折路傍花。
轩车竞出红尘合，冠盖争回白日斜。
谁念都门两行泪，故园廖落在长沙。

独不见

玉关一自有氛埃，年少从军竟未回。
门外尘凝张乐榭，水边香灭按歌台。
窗残夜月人何处，帘卷春风燕复来。
万里寂寥音信绝，寸心争忍不成灰。

赠渔者

不愧人间万户侯，子孙相继老扁舟。
往来南越谙鲛室[1]，生长东吴识蜃楼。
自为钓竿能遣闷，不因萱草解销忧。
羡君独得逃名趣，身外无机任白头。

---

[1] 鲛室：指鲛人水中居室，或谓龙宫。苏轼《有美堂暴雨》诗："唤起谪仙泉洒面，倒倾鲛室泻琼瑰。"

题周瑜将军庙

共说生前国步难,山川龙战血漫漫。
交锋魏帝旌旂退,委任君王社稷安。
庭际雨余春草长,庙前风起晚光残。
功勋碑碣今何在,不得当时一字看。

张　咏

张咏，字复之，号乖崖，濮州鄄城（今山东鄄城）人。宋太宗太平兴国五年（980年）进士。累官至礼部尚书，卒谥忠定。诗选自《辰州府志》。

舟次辰阳

昔贤劳苦为忧官，我自无才欲废餐。
鸣棹几程滩势恶，宿亭一夜雨声寒。
山连古洞蛮烟合，地落秋畲楚俗欢[1]。
虽指公余便东下，好峰犹得卷帘看。

---

[1] 秋畲：秋天焚烧茅草后，播下油菜、荞麦等种子，名秋畲。畲，刀耕火种的地。

陶弼

陶弼,字商翁,湖南永州祁阳人。因镇压湖南瑶民起义,授阳朔主簿,升阳朔令。宋神宗熙宁三年(1070年),章淳经理五溪蛮事,推荐陶弼任辰州刺史,著有《荆湘近事》《五代史补》。

白雾驿

一曲清溪一曲山,鸟飞鱼跃白云间。
溪山岂要行人到,自是行人到此间。

赠章使君[1]

善战无如新息侯,汉兵才渡绿萝州。
爱君挽我陶溪粟,直到牂牁水口头。

沅 州

使介直登双御阁,州符就领五蛮溪。
争雄白鹊临崖斗,忆子玄猿绕涧啼[2]。

---

[1] 章使君:北宋中期政治家章惇。沅州:治今芷江。
[2] 玄猿:黑色的猿猴。

辰州三首

一

东海旧声屋,南江新塞垣。
玺书行绝域,铜柱入中原。
草暖闻鸣鹿,江清对饮猿。
何时一樽酒,重上谢公轩。

二

诏条符节古连今,王泽渐濡岂不深。
赋役未行中国法,讴歌犹带远人音。
采金户簇青莎岸,射虎兵围黄叶林。
寄语湖南滩上客,预将忠信待浮沉。

三

草市人朝醉,畲田夜火明。
泷江入地泻,栈道出云行。

五 溪

六月五溪边,溪深气象偏。
昼阴疑雨后,久冷觉秋先。
栈倚临崖石,竿通隔领泉。
片帆云里现,知是贡賨船[1]。

---

[1] 贡賨船:运送赋税的船只。賨,古代巴人交纳的赋税的称谓。

黄庭坚

黄庭坚，字鲁直，号山谷道人，晚号涪翁。宋洪州分宁（今江西修水县）人。是江西诗派的开山之祖。书法与苏轼、米芾、蔡襄合称"宋四家"。

朝拜二酉山[1]

巴山楚水五溪蛮，二酉波横绕龙蟠。
古洞寻书探奇字，思怀空吟三千年。

---

[1] 二酉山：在沅陵县乌宿乡境内，上有小酉洞，又称二酉洞，传为秦时伏生藏书之洞，与辰溪大酉洞并称二酉。所谓"书通二酉"，即指大酉、二酉藏书事。

王庭珪

  王庭珪，字民瞻，宋江西安福人。宋徽宗政和八年（1118年）举进士，任茶陵县丞，不久辞官回乡，课徒，称卢溪先生。绍兴（1131—1162年）中因胡铨事忤秦桧，贬泸溪，时年过七十，秦桧死，八十方得自便，后任国子监主簿。

入辰州界道中用颀子韵[1]

路入荒溪恶，波穿乱石跳。
骑驴行木杪[2]，避水转山腰。
倒挂猿当道，横过竹渡桥。
吾生本如寄，岁晚尚飘飖[3]。

送颀子归庐陵

西风吹我梦魂惊，送子东归无限情。
好往沅湘探奇绝，远看衡岳正峥嵘。
黄昏渡口呼船急，后夜江头望月明。
能把愁心寄明月，云开时到夜郎城。

谪辰州

得失真何事，文章妙入场。

---

[1] 颀子：庐陵（江西吉安）人，王庭珪的同乡和朋友，生平事迹不详。
[2] 杪：木梢。
[3] 飘飖：飘摇。王庭珪贬辰州，年已七十，所以说岁晚尚飘飖。

隐身三十载[1]，汗简几千张。
名落江湖外，气干牛斗傍。
吾衰任飘泊，朝夕渡沅湘。

夜坐听沅江水声

一

雨过枫林夜气清，坐邀明月正关情。
渔童酒醒不吹笛，静听一江秋浪声。

二

水急滩高欲倒倾，来如万鼓绕山鸣。
奔流更借洞庭阔，飞浪朝宗壮此声。

虞美人·辰州上元

城东楼阁连云起，冠绝辰州市。莲灯初发万枝红，也似江南风景，半天中。　　花衢柳陌年时静，划地今年盛。棚前箫鼓闹如雷，添个辰溪女子，舞三台。

江城子·又辰州上元

夜郎江上看元宵，斗回杓，雪初消。灯火银花，何处是星桥。共得满城春不夜，三妓女[2]，五溪猺。　　此时回首忆行朝，太平楼，倚层霄。红蜡光中，买酒听吹箫。且就天涯聊一醉，歌一曲，望京谣。

---

[1] 隐身三十载：王庭珪辞茶陵尉回乡隐居三十多年。
[2] 妓女：歌女。

菩萨蛮·武陵溪上沅陵渡

绍兴十九年，谪夜郎。州学诸职事，邀就孔志行家阃宴集。时初至贬所，见人物风景之美，夜久云归，恍然莫知为何所。酒醒，作此词以记之。

武陵西上沅陵渡，扁舟忘了来时路。花外有人烟，相逢疑是仙。　　清尊留夜语，醉倒知何处。归去客心惊，金鸡嘲哳鸣[1]。

临江仙·寂寞久无红袖饮

寂寞久无红袖饮，忽逢皓齿轻讴[2]，坐令孤客洗穷愁。谁知沅水上，却似洛城游。　　闻道辰溪贤令长，深房别锁明眸，多年铅鼎养青虬[3]。不应携妓女，骑鹤上扬州。

赠胡绍立并序[4]

绍立顷年遍游西南诸州，冒重险至沅陵，由湘南以归绍兴。己卯秋，预清江高荐复至安福访别道旧，赋诗因以送行。

忆昔乌蛮绝塞亭[5]，巴娘歌罢月三更。
重寻湘水江边路，又见箫滩榜上名。
此去飞腾对天陛[6]，不应憔悴困书生。

---

[1] 嘲哳：白居易《琵琶行》："呕哑嘲哳难为听。"
[2] 皓齿：年青美貌的歌女。
[3] 虬：传说中的一种龙。
[4] 胡绍立：《王民瞻诗补》："胡绍立，不知何许人也，遍游西南诸州。绍兴中闻王庭珪窜辰州，冒重险至沅陵存问之。二十九年己卯秋，预清江高荐时，庭珪已还，绍立复至安福访别道旧，庭珪赋诗赠之。"
[5] 乌蛮：种族名，古时住四川南部、云南东北部及贵州等地，湖南靖州、会同亦曾为其住地。
[6] 天陛：朝廷。

将军三战成功后，未数焚舟老孟明[1]。

离辰州二首

一

逐客休嗟行路难[2]，归鸿心在杳冥间。
初惊草尾千重浪[3]，险渡湖头十八滩[4]。

二

行尽黄茅白苇丛，举头忽见两三峰。
青青画出湘天景，始觉身离蛮蜑中[5]。

辰州僻远，乙亥十二月方闻秦太师

辰州更在武陵西，每望长安信息稀[6]。
二十年里缙绅祸[7]，一朝终失相公威。
外人初说哥奴病[8]，远道俄闻逐客归。
当日弄权谁敢指，如今忆得姓依稀。

---

[1] 孟明：春秋时人，名视，百里奚子。秦穆公使将兵伐郑，晋人败之于崤函；次年伐晋，复败绩；又次年伐晋，济河焚舟，晋人避之，封崤尸而还，遂霸西戎。

[2] 逐客：被贬谪放逐的人。王庭珪七十被放逐至辰州，八十始归，实为逐客。

[3] 草尾：滩名，在沅陵城东里许。

[4] 十八滩：沅陵以下沅水有十八险滩。

[5] 蛮蜑：南方少数民族居住的地方。

[6] 长安：秦、汉、唐都城，此代南宋都城杭州。

[7] 缙绅祸：指秦桧弄权对官吏带来的灾难。缙绅，指官吏。

[8] 哥奴：唐玄宗时权臣李林甫的小名，此代秦桧。

037

赠别陈君绶并序

绍兴十九年余坐诗语窜夜郎,太学生陈君绶前二年上书言事忤秦太师意,亦贬君是州。二十五年冬,秦太师病死,遐方未即闻,圣上慨然施旷荡之恩,庭珪与君绶始获生还。感恩出涕作二绝句赠别。

一

十载投荒坐献书[1],忽逢飞诏下荆巫。
归来好上升平颂,已死奸谀不足诛。

二

雷雨沅湘振滞冤[2],皇恩谱出九重天。
乞儿犹恋权门火,应谓死灰能复燃。

---

[1] "十载"句:绍兴十三年(1143年);胡铨上书请斩秦桧,胡被贬。十七年(1147年),铨复贬岭南,庭珪写诗为胡铨送行,有"痴儿不了公家事"句,被小人告发,贬辰州。二十六年(1156年)回,前后十年。

[2] 滞冤:犹沉冤。

朱 熹

朱熹，字元晦，号晦庵，别号紫阳。宋江西婺源人。绍兴十八年（1148年）进士。曾任秘书阁修撰。理学家。

辰溪江东寺碑刻诗[1]

梯云石磴羊肠绕，转壑飞泉碧玉斜。
一股轻烟春淡薄，数声鸡犬野人家。

---

[1] 江东寺：原在泸溪县浦市镇，名浦峰寺，始建于唐代。因被水淹，宋元祐年间移至沅水东岸辰溪县方田，改名江东寺。今尚存。

魏了翁

　　魏了翁，字华父，号鹤山，邛州蒲江（今属四川蒲江）人。南宋著名理学家。庆元五年（1199年）进士，授剑南节度判官。在蜀17年，擢兵部郎中。宝庆元年（1225年），擢工部侍郎。魏了翁为官清廉，敢于直言。因不附史弥远被诬，谪靖州。弥远死，代礼部尚书，擢资政殿大学士。卒谥文靖。

靖州龙凤岩

龙盘渠水岸，凤卧溆溪滨[1]。
两厢共一体，千载有余情。

鹤山书院

鹤山书院前为荷塘，即其小屿筑亭久矣，后八日始榜曰夫容州[2]。
严风吹衣落南土，手批魑猱藉封虎[3]。
缘山跨谷三里城，袈竹编茆百家居。
天公似为羁人谋，闭藏佳境城东陬。
介然用之便城圃，下视更得夫容州。
水间木末高下照，名字既同形亦肖。
自从嬴豕伏群龙，红白相辉转明耀。
人怜风雪拘系之，委弃衰草蟠寒泥。
谁知焖焖含内美，正于槁瘁生光辉。
大书三字为吹送，唤起渠阳百年梦。

---

[1] 渠水、溆溪：水名，均在靖州县境。
[2] 夫容州：疑为芙蓉洲。
[3] 魑猱：魑鼠与猿猱，旧时对南方少数民族的蔑称。

却疑二华痴绝人，身既隐矣名焉用。

将入靖州界适值肩吾生日为诗以寿之

肩吾名地古诚州[1]，明月联车入界头。
草草三杯酌初度，恍如赤壁伴元修。

---

[1] 诚州：靖州古称诚州，宋崇宁二年（1103年）改为靖州。

乐雷发

乐雷发，字声远，宋宁远（金湖南永州）人。累试不第，宋理宗宝祐元年（1253年）赐特科第一。议时政不合，归故里之雪矶，世称雪矶先生。

送友人之辰州觐省[1]

跕鸢东畔瘴云低[2]，山径如梯去马迟。
正则自吟皇树颂[3]，广微惟诵白华诗。
春风采药桃花园，落日寻碑薏苡祠[4]。
觅得丹砂能寄否[5]，溪亭送客鬓毛衰。

---

[1] 觐省：探亲。
[2] 跕鸢：用《后汉书·马援传》之"仰视飞鸢跕跕堕水中"，提起马援。
[3] 正则：屈原《离骚》："名余曰正则兮，字余曰灵均。"皇树颂：屈原的《橘颂》。《橘颂》第一句"后皇嘉树，橘徕服兮"。
[4] 薏苡祠：伏波将军庙，祀马援。马援征交趾会，满载苡仁，朝中以为满载珠宝，谤之。
[5] 丹砂：朱砂。古代以为沅水产朱砂。

蔡 明

蔡明，元代溆浦人，生平事迹不详。《麸金行》诗见《辰州府志》。

麸金行[1]

淘金户，淘金大江侧，水深沙浅淘不得。
夜闻叫呼来打门，官司追课如追魂[2]。
呼童挑灯取金看，囊中只有分毫积。
课多金少输不前，里胥怒嗔遭拘迫[3]。
卖金买宽限，金尽限转急。
往来坐床头，妻子相对泣。
相对泣，亦徒为。
"输官难再迟，南庄有田尚可鬻[4]。
莫教过限遭鞭笞！"
独不见，西家卖金仍卖屋，
户户逋金犹不足[5]！

---

[1] 麸金：一种质地较轻的金，多混于河沙中，故又名沙金。
[2] 追课：犹追科，即催交税金。
[3] 里胥：乡吏，同"里尹"。
[4] 鬻：卖。
[5] 逋：拖欠。

043

刘 瑞

刘瑞，字德符，明内江县（今属四川）人。明弘治九年（1496年）进士，选庶吉士，官至礼部右侍郎。

壶头山

百战英雄两鬓皤[1]，征南终死汉山河。
云台地迥名何愧，薏苡谗深恨更多[2]。
一代风云空际会，千秋香火尚婆娑。
壶头旧是屯兵处，古木西风动薜萝。

瓮子洞[3]

巨石横江面，江流两岸开。
乾坤谁此宿，风月我重来。
卧隐鱼龙寂，声传鹤鹳猜。
何劳觅弱水[4]，清绝小蓬莱[5]。

---

[1] 皤：老人白发，此指白。
[2] "薏苡"句：指马援征交趾被谗事。
[3] 瓮子洞：在沅陵境内沅水中，为沅水下游十八险滩之一。
[4] 弱水：古人称水浅或地僻不通舟楫者为弱水。
[5] 蓬莱：蓬莱仙岛。

于子仁

于子仁，字伯安，一字梓人，湖南武冈人。明洪武十八年（1385年）进士。知山东昌乐县，迁登州知府。晚号七十一峰道人。著有《七十一峰诗草》。

泰山歌

云绵绵，泉涓涓，泰山高高天一边。
上有芙蓉十二朵之青菡萏，
下有齐州十八九点之佳山川，
中有美人秉笏朝群仙。
接空蒙，参造化，直与天地相后先。
授我以金丹四百字之秘诀，
赠我以琅函五千句之佳言[1]。
换尔凡骨，涤尔俗愆，恍然置我昆仑颠。
非独可以渺四海，览八埏；
抑可以弄乌兔，凌云烟。
呜呼，高兮！
吾不知其几千万年，吾不知其几千万年！

---

[1] 琅函：书匣的美称。唐韦庄《李氏小池亭十二韵》："家藏何所宝，清韵满琅函。"

李太白把酒问月图

酒一斗,诗百篇[1],夜披锦袍宫锦鲜。
停杯问月当青天:如何天上有酒星?
如何地下有酒泉?胡为穷达皆好酒?
胡为明月难长园?劝月月不饮,问月月不言。
酒在手,月在前,蛾眉当空江可怜。
酌我以舒州不死生之枸,乘我以天子呼不上之船。
但令对月常对酒,那用今古虚名传。
君不见独醒空沉汨罗水[2],何如日日烂醉长安眠。

海门赋

海门无风波浪宽,海气溟漠蛟龙蟠。
六鳌戴山不敢动,平地献出玻璃盘。
是时神仙怀大丹,携筇直谒天门关。
君心遥遥我心切,脱身幸不生风翰。
开元太平民治安,上方神游凌广寒,
天风环佩来珊珊。
我今追随谁可攀,便当握手凌云端。
君骑长鲸我骑鹤,一声长啸非人间。

---

[1] 酒一斗,诗百篇:用杜甫《饮中八仙歌》"李白一斗诗百篇"之意,后"乘我以天子呼不上之船",亦用杜甫诗"天子呼来不上船"之意。

[2] 独醒:指屈原。屈原《渔父》:"举世皆浊我独清,众人皆醉我独醒,是以见放。"

杨廷芳

　　杨廷芳，字孟仁，湖南邵阳人。明天顺四年（1460年）进士，授南京大理寺评事，转寺正，出为贵州按察司佥事。甫二载，引疾归，讲学东山书院，学者称东山先生。九十八乃卒。

洛阳洞[1]

　　石路荒凉半草莱，洛阳洞倚白云隈。
　　境通康济祠前近，门对萧梁寺上开。
　　数局残棋隐苔藓，一溪流水隔黄埃。
　　空山几度频回首，不见仙翁跨鹤来。

卧闻东山寺晓钟

　　城东谁建梵王宫[2]，钟动高山雾气蒙。
　　鸡唱渐低双树月，鲸音恰度五更风。
　　境空不觉尘缘染，声远还因地位崇。
　　老去已无轩冕梦[3]，不烦老衲唤疏慵[4]。

---

[1] 洛阳洞：是邵阳前进山下的一个岩洞，资邵二水汇流其下，石室曲折，后穴不知所至。
[2] 梵王宫：大梵天王宫，此指寺庙。
[3] 轩冕：卿大夫轩车和冠冕。此指当官。
[4] 老衲：老和尚。

晚渡神滩

路转神滩入望赊，归人待渡簇平沙[1]。
空江寂寂来鸿杳，远树依依落日斜。
暝色酿成千里雾，橹声摇碎一川霞。
纷纷世故忙如蚁，那得浮生鬓不华。

---

[1] 簇：聚集。

伍 佐

　　伍佐，字文峰，湖南新化人。明弘治二年（1489年）举人，官河南通判，迁赣州同知，以征龙南叛獠功擢守思南府。

金陵送别陶石城还乡

　　十年踪迹各纷纭，今日天涯却送君。
　　柳烟平分江海月，家山遥望楚湘云。
　　短檠好读三余火[1]，健笔应雄百万军。
　　收取荣名天外去，省教髫俊笑刘蕡[2]。

---

[1] 檠：烛台。

[2] 髫：古代幼儿下垂至眉际的短发。此指儿童。刘蕡：唐幽州昌平人。唐文宗太和二年（828年），应贤良方正对策，极言宦官祸国，考官怕得罪宦官，不敢录取。令狐楚、牛僧孺都上书推荐蕡为幕府，授秘书。因宦官诬陷，贬柳州司户参军。《新唐书》有传。

管 讷

管讷,字时敏,明华亭(今上海松江)人。洪武中拜楚府纪善,升左长史。著有《秋香百咏》。

从征古州蛮归途纪驿[1]

(二十三首选六)

发靖州

晨发渠阳郡,归心一惘然。
离家今五月,为客已中年。
暮雨行人里,春泥去马前。
洪江明日到,沽酒山官船。

洪江

行行过若水,古驿在江皋。
自是登舟险,终无策马劳。
山云含宿雨,滩石漏奔涛。
此地如能隐,尘烦或我逃。

安江

夜过安江驿,停舟不敢行。
乱山藏月色,暗石鼓滩声。
千里从军事,中宵感客情。
不眠聊伏枕,天白更孤征。

---

[1] 古州:厅名,在今贵州榕江县。

江口

江口何年驿，过逢欲雨天。
居人张夜火，使客唤春船。
云起崇山外，江通溆浦前。
鸬鹚滩已过[1]，今夕解衣眠。

辰溪

归舟春水疾，举棹即辰溪。
岸转山疑动，江分路欲迷。
乾坤千里客，风雨五更鸡。
自愧如萍迹，飘飘为定栖。

怡溶[2]

王程不敢缓，四日下辰阳[3]。
古木将军庙[4]，春波使者航[5]。
城傍山势险，江纳雨声长。
莫上观澜阁，伤心在异乡。

---

[1] 鸬鹚滩：在溆浦大江口镇上游十里沅水中。
[2] 怡溶：山名，即怡溶山，在沅陵县城东南，峰峦奇秀，晴日横空，紫翠重叠，足供骚人韵士之险赏。
[3] 辰阳：汉置辰阳县，辖今怀化及贵州铜仁一部；后改为辰溪县，范围仅今辰溪地。此指辰溪。
[4] 将军庙：马援庙，在沅陵壶头山上。后沅水流域各县均建有伏波庙，又称水府庙，规模较小。
[5] "春波"句：沅水多险滩，秋冬水浅更险。春水涨后，正是使者航行的最佳时机。

杨士奇

  杨士奇，名寓，字士奇，号东里，江西泰和人。建文帝召其修《明太祖实录》，进入官场。累官礼部侍郎、华盖殿大学士，兼兵部尚书，历五朝，在内阁为辅臣四十余年，卒谥文贞。先后担任《明太祖实录》《明仁宗实录》《明宣宗实录》总裁。

送张令至麻阳

乱山蛮树向人低，遥绾铜章赴五溪。
为想春风与嘉政，新年均到夜郎西。

王 珩

王珩,号半梦居士,明浙江会稽(今绍兴)人。明永乐元年(1403年)任泸溪县令。

武溪观涨[1]

两山倒浸双芙蓉,云气上与银河通。
波光潋滟漾空薄,水色镜静潜虬龙。

秋夜斧头岩望月二首[2]

一

金风吹凉桂花老,水落溪空露华少。
高映崔巍倚碧霄,寒翻幽石生碧草。

二

更阑斗转星宿稀,蟾宫夜冷嫦娥归。
冰封玉兔捣药臼,清光照澈秋毫微。

---

[1] 武溪:就是泸溪。此指泸溪上游鸦溪,水从大龙洞、小龙洞流出。有时天晴无雨,亦有潮汐。
[2] 斧头岩:三台中峰,在泸溪县与辰溪县交界之沅水岸边,形似斧头,故名。

张　骥

　　张骥，字仲德，湖南安化人，明永乐中北闱举人。宣德中以御史出按江西，虑囚福建，平反及千人。正统八年（1443年）诏举廷臣公廉有学行者，吏部尚书王直等推举张骥，擢大理寺丞，巡抚山东，又巡抚浙江，后进右少卿。

任城道中望泰山[1]

岱宗天下岳[2]，远望极峥嵘。
鲁殿青阳启[3]，吴门白练萦。
云痕滋雨意，海气荡秋声。
不尽征途意，长怀仰止情。

浙江舟中偶成

乍息淮南辙，旋为海上行。
闽烟浮峤入，浙雨泛潮生。
休养屡朝泽，驰驱此日情。
潢池应悔祸[4]，忍使弄刀兵。

---

[1] 任城：县名，即今山东济宁市任城区。
[2] 岱宗：泰山。杜甫《望岳》诗："岱宗夫如何，齐鲁青未了……"
[3] 青阳：春天。
[4] "潢池"句：潢池，积水塘。成语潢池弄兵，指造反。此指巡抚浙江，招降贼首陈鉴胡事。

姜子万

姜子万,本清江(今属湖北恩施)人,迁居安化。明永乐中,以经明行修应召,预修《永乐大典》。书成,授教职,官辰州府教授。

望安化

垂老不堪行路难,十年踪迹似跳丸。
几多白日寻常过,无数青山造次看。
海树夷亭云漠漠,江枫渔火夜漫漫。
雅怀独羡东方士,长伴青山保岁寒。

谌必敬

谌必敬，字子钦，湖南安化人，明永乐间岁贡，官四川长寿县教谕。有《五柳宅稿》。

鬓 边

鬓边自觉二毛侵[1]，仕路飘蓬岁月深。
年老只惭縻郑廪，官贫何必问疏金。
江流浪静片帆驶，溪峒山幽一径寻。
终日思归归恰好，携童随处可披襟。

---

[1] 二毛：指黑白相间的头发，指人已渐老。

陶廷弼

陶廷弼,号逊庵,湖南安化人。明成化年间以《书经》贡太学,官汶川、梁山知县,擢汉中府同知。

致仕自述

解组今朝返故园[1],官场瞬息廿余年。
承欢莫逮情真苦,报赐何由心尚悬。
却幸保全逃物议,切无调度贮余钱。
乾坤俯仰空尘累,去住升沉听自然。

---

[1] 解组:去官称解组。组,丝带,古代佩印用组。引申为官印或做官。

李廷琮

李廷琮，字朝器，湖南安化人，明正统间贡生，官德清县主簿。《县志》称其廉介。

泊梅子洲[1]

江间风恶浪兼天，梅子洲头又泊船。
万里羁怀吟啸外，百年心事梦魂边。
凫鹥泛泛还春渚，杨柳垂垂袅暮烟。
北去南来无定在，共谁沽酒醉花前。

---

[1] 梅子洲：即梅洲，在安化。

吴　琛

吴琛，字舆璧，明繁昌（今属安徽）人。景泰进士，后擢御史，巡按四川，明达果断有声。因劾石亨专权而忤英宗，贬迁安知县。后召还，累官右佥都御史，巡抚甘肃，总督两广，卒于官。

过辰阳漫兴

雾暗林深一径斜，宦游心壮不须嗟。
雄涛夜撼风前树，流水香浮雨后花。
草莽自期能殉国，萍踪应叹似无家[1]。
驻颜更得希奇诀，不放流年入岁华。

---

[1] 萍踪：喻行迹无定。萍生水上，根无所据，随风飘摇。

伍文定

　　伍文定，字时泰，明松滋（今属湖北）人。弘治进士，授常州推官。后知吉安府。与王守仁平宸濠有功，进副都御史。明嘉靖七年（1528年）任兵部尚书，卒谥忠襄。

白沙滩 [1]

晚起推蓬望，无端风景生。
舟从天际发，人在画中行。
云影连崖影，波声杂橹声。
金滩丹壑转，松竹数家平。

---

[1] 白沙滩：在泸溪旧县城武阳镇南十里。今县城已迁至白沙滩边。

唐凤仪

唐凤仪，字应韶，湖南邵阳人，明正德三年（1508年）进士。累官佥都御史，巡抚四川。

芒事竣简戴侍御[1]

川南又报征期蹙[2]，遑恤兵穷武先黩。
前年刚计缚支属，今岁复夷陇氏族[3]。
变夷用夏更民牧，直欲改观振荒服。
无时有梦征蕉鹿，谁信安危相倚伏。
普奴突起图报复，焚人庐舍掳人畜。
急草上闻敢嫌渎，危言不觉动钧轴。
师出时当月五六，旱魃正尔虐禾菽。
岂惟边饷乏储蓄，百姓嗷嗷正枵腹[4]。
可怜剜尽心头肉，四野携镵掘黄独。
观感有人寄耳目，万里等闲通尺牍。
元臣体国文章覆，重瞳直瞩逃亡屋。
况复西闻一路哭，宵旰愁应增万斛[5]。
罢兵一诏只半幅，传宣岂独置邮速。

---

[1] 按：此诗全面反映唐氏不主张用兵的思想。戴侍御：时任四川巡按的戴金。
[2] 蹙：紧迫。
[3] 陇氏族：唐凤仪巡抚四川前，初芒部陇氏兄弟争袭仇杀攻劫，地方、朝廷屡用兵镇压，杀戮甚众。部议以陇氏亲支已尽，无人承袭，请改设流官统之（即改土归流）。未几芒部沙少保等谋复陇氏，攻劫如故。唐凤仪以为芒部改土归流不是时候，时值饥荒，不宜用兵。于是上书，得到巡按戴金支持，于是罢兵。蜀地人民大喜。
[4] 枵腹：即腹中空空。
[5] 宵旰：宵衣旰食的省略。即天未明就起来穿衣，傍晚才进食。喻勤政。

抚臣稽首敬披读，蜀人尽展眉间蹙。
辍输漫散江头舳，息肩欢笑彻空谷。
我皇万寿隆万福，孰谓黠夷同草木。
知今尚德驰刑戮，幡然悔祸殊局缩。
佥曰我岂非臣仆，那敢跳梁肆诋诱。
何劳试识苑中竹，不须仍抱山头犊。
作孽渠魁渠自扑，罄巢擒献出林麓。
尘氛迅扫边疆肃，一方安堵归春育。
莫讶功成不信宿，庙堂早已筹之熟。
好勤勋庸陈辇毂，庶几旌创分奸淑，
天颜有喜同清穆。

李 纂

李纂,字仕谟,湖南安化人,明正德年间贡生。官临清(今属山东)知县,擢琼州推官。

登芙蓉山

偶上芙蓉山,山殿朝阳晓。
直上孤顶高,平看众峰小。
青翠满层峦,藤萝覆幽沼。
始悟人世间,纷纷亦何扰。

自 述

解组归田又一秋,萧萧白发渐盈头。
幸辞案牍除烦恼,得伴林泉托隐幽。
素侣溪边来水鸟,浮名身外等蜗牛。
止惭琼岛生黎穴,尚有人将姓字留。

王守仁

　　王守仁，字伯安，号阳明。明余姚人。弘治进士。正德初忤宦官刘瑾，谪贵州龙场驿丞六年。瑾诛，移庐陵知县，擢御史，巡抚南赣，平宸濠乱。世宗时封新建伯，总督两广，卒谥文成。

泊溆浦

溆浦江上泊，云中见驿楼。
滩声回树远，崖影落江流。
柳发新年绿，人归隔岁舟。
穷途时极目，天北暮云愁。

辰溪大酉洞[1]

路绝春山久废寻，野人扶病强登临。
同游仙侣须乘兴，共赏花源莫厌深。
鸣鸟游丝俱自得，闲云流水亦何心？
从前却恨牵文句，展转支离叹陆沉[2]。

---

[1] 大酉洞：在辰溪县城南之大酉山下，相传为周穆王藏书处，与沅陵小酉（二酉）并称为二酉藏书洞，所谓"学富五车，书通二酉"。

[2] 陆沉：无水而沉，喻隐居，引申为埋没。《庄子·则阳》："方且与世违，而心不屑与之俱，是陆沉者也。"

阳罗旧驿[1]

客行日日万峰头，山水南来亦胜游。
布谷鸟啼村雨暗，刺桐花暝石溪幽。
蛮烟喜过青阳瘴[2]，乡思愁经芳杜洲。
身到夜郎家万里，五云西北是神州[3]。

辰州虎溪隆兴寺闻杨名父将至留韵壁间[4]

杖藜一过虎溪头[5]，何处僧房是惠休？
云起峰间沉阁影，林疏地底见江流。
烟花日暖犹含雨，鸥鹭春闲欲满洲。
好景同游不同赏，诗篇还与故人留。

沅水驿

辰阳南望接沅州，碧树林中古驿楼。
远客日怜风土异，空山惟见瘴云浮。
耶溪有信从谁问，楚水无情只自流。

---

[1] 罗旧：在今芷江县城东二十里，古有驿站。
[2] 青阳瘴：古时北方人以为南方春天多瘴气。王守仁此次贬官去贵州龙场，道经罗旧，已是夏天，故说"喜过青阳瘴"。青阳，指春天。《尔雅·释天》，"春为青阳。"注："气清而温阳。"瘴，瘴气。
[3] 五云：五色云，瑞云。杜甫诗《重经昭陵》："再窥松柏路，还有五云飞。"
[4] 隆兴寺：又称隆兴讲寺，在沅陵虎溪山麓，建于唐贞观年间。王守仁从贵州龙场回京时，曾在此讲学。后其门人徐珊任辰州郡丞，在虎溪山麓建虎溪书院，后改为阳明书院。杨名父：生平事迹不详，应为隆兴寺主持，王守仁的好友。
[5] 杖藜：持藜茎为杖，泛指扶杖而行。惠休：南朝宋僧，姓汤，善属文。武帝令其还俗，位至扬州从事。此喻杨名父。

却幸此身如野鹤，人间随地可淹留。

沅江晚泊二首

一

去时烟雨沅江暮，此日沅江暮雨归。
水漫远沙村市改，泊依旧店主人非。
草深廨宇无官住[1]，花落僧房有鸟啼。
处处春光萧索甚，正思荆棘掩岩扉。

二

春来客思正萧骚，处处冬田没野蒿。
雷雨满江喧日夜，扁舟经月住风涛。
流民失业乘时横，原兽争群薄暮号。
却忆鹿门栖隐地，杖藜壶榼饷东皋[2]。

钟鼓洞[3]

见说水南多异迹，岸头时有鼓钟声。
空遗峭壁千年在，未信金砂九转成[4]。
远地星辰瞻北极，春山明月坐深更。
年来夷险还忘却[5]，始信羊肠路亦平。

---

[1] 廨宇：官舍，指驿楼。
[2] 东皋：田野或高地的泛指。
[3] 钟鼓洞：在辰溪县城对岸大酉山上。洞内石柱敲击时，声如钟鸣鼓响，故名。
[4] "金砂九转"句：道家烧金丹，以循环九转为贵，称九还丹。大酉山有丹山洞，产丹砂，相传张果老在此炼丹，后仙去，故大酉山又名丹山。
[5] 夷险：平坦或险阻，喻人生坎坷。此诗为王守仁回京时所作，足见其喜悦之情也。

何景明

何景明，字仲默，号大复山人，河南信阳人。弘治进士，官至陕西提学副使。与李梦阳齐名，为明代"前七子"之一。著有《大复集》。

过辰溪

早发辰溪渡，清川喜泛舟。
山城欹粉堞[1]，江驿映朱楼。
雨骤沙颓岸，天寒冰露洲[2]。
蛮音闻渐异，迢递动乡愁[3]。

---

[1] 堞：女墙，此指城楼。
[2] 水露洲：辰溪县城当沅水与辰水汇合处，两水相会，产生回流，泥沙淤积，久而成一沙洲，名状元洲。秋冬水枯，沙洲露出水面。
[3] 迢递：同"迢遥"，形容路途遥遥远。

薛 瑄

　　薛瑄，字德温，河津（今山西）人。明永乐进士。历官御史、大理寺少卿、左侍郎兼文渊阁大学士。宣德年间以御史监督湖南银矿开采事务，禁贪污、正风俗。政务之余，为诸生讲学不倦。卒谥文清。曾长驻辰州、沅州，多有题留。

辰溪晓泛

沅水一千里，辰溪又泛舟。
山云连雨暗，身世与天游。
已觉鸡声远，遥看野树秋。
所经多险阻，还似解离忧。

大酉洞

石室何年辟，江空久不扃[1]。
灰飞丹灶冷，书朽碧苔零。
流徵吞江汉，飞商激洞庭。
冯夷休浪击[2]，只恐泣湘灵[3]。

---

[1] 扃：关闭。
[2] 冯夷：中国神话传说中黄河的水神。
[3] 湘灵：传说中的湘水之神，即舜帝的妃子娥皇和女英。

辰阳端午遣怀二首

一

五溪五月当五日，时俗犹存旧楚风。
角黍堆盘人送玉[1]，龙舟叠鼓水摇空。
入帘山色隔江翠，照眼榴花向日红。
赐扇远怀鸳鹭侣，去年同谒大明宫。

二

辰阳况复遇端阳，沅水牵情万里长。
凤阙当年颁扇早，龙墀此日赐衣香。
独簪白笔叨天宠[2]，远抱丹心忆帝乡。
未必蛮中久留滞，趋朝应只待秋凉。

春日再发沅州

又住蛮州似故乡[3]，官船两度发沅阳。
贪看献岁春山绿，却忆高秋老树黄。
宦迹不应辞远近，天游真可纵徜徉[4]。
沿流尽有新诗兴，夹岸风来杜若香。

---

[1] 角黍：粽子。粽子包好后有四角，故名。
[2] 簪白笔：古代朝见，插笔于冠，以备记事。《宋书·礼志五》："绅垂三尺，笏者有事则书之，故常簪笔，今之白笔，是其遗象。三台五省二品文官簪之……"
[3] 蛮州：指沅州，治今芷江；下句中的沅阳亦指沅州。
[4] 徜徉：徘徊。

辰州喜雪

腊月江城不起尘，朔风吹雪正频频。
台端老柏贞心劲，墙外疏梅冷蕊新。
地气已应清瘴疠，岁华行复见阳春。
久知樗散无他补[1]，只咏丰年慰远民。

钟鼓洞

百丈潭连石壁悬，游人攀陟此摩肩。
寒洞未闭千年石，山裂俄开一线天。
烟落烟升城市事，声生声灭钟鼓缘。
此中石髓应无算，疑是嵇康山树巅。

沅州元夕

一年佳节又元宵，异域春云满眼飘。
院落梅花凋冷蕊，池塘柳色弄新条。
升平乐事怀中夏，老大丹心恋圣朝。
独拥霜台清似水[2]，红灯几点月明高。

---

[1] 樗散：木名，即臭椿，又名鬼木，是一种无用的木材。此用以自谦。

[2] 霜台：御史台的别称。御史职司弹劾，为风霜之任，薛瑄时为监察御史，故称其办公处为霜台。

过沅州罗旧堡[1]

边城父老旧乡邻,弭节从容问所因[2]。
绿鬓已应辞故里,白头犹解识先人。

度蜈蚣关[3]

(四首选一)

共说关门险,岧峣不可攀。
山峰藏曲折,涧道泻潺湲。
绝壁人愁下,长林鸟倦还。
官程应有限,行旅敢辞艰。

---

[1] 罗旧:在芷江,旧设堡。
[2] 弭节:指驻节,停车。犹言停车不前。
[3] 蜈蚣关:在湖南新晃侗族自治县城东三十里,因其下有溪名蜈蚣溪,故名蜈蚣关。清包家吉《滇游日记》形容其关"危崖夹堑,境奇道险,南北横翠,如屏插天"。

李 琥

李琥,湖南溆浦人,明成化初贡生,官凤翔府通判。

归田诗

挂冠神武即山城,间访烟霞旧日盟。
销闷酒从村店乞,遣怀诗向枕边成。
饱闻村落鸡三唱,不管谯楼鼓五更。
早晚儿孙递成立,一经端足代深耕。

蒋 英

蒋英，湖南靖州人，明弘治贡生，官四川提举。

吊宋忠节[1]

天荒登甲榜，海内数清流。
梦死一彭蠡，生官两靖州。
漫同宋玉赋，空吊屈原愁。
赠荫皆余事，芳名国史收。

---

[1] 邓显鹤按：宋义卿先生未第时，夜泊鄱阳湖，梦吏持檄曰："上帝命汝为靖州城隍。"公甚惊之。及守瑞州，始知瑞州古名靖州也。事之前定如此。

杨 慎

　　杨慎，字用修，号升庵，后因流放滇南，自称滇南山人。四川新都（今属四川成都）人，祖籍庐陵江西吉安。明代著名文学家。明正德六年（1511年）殿试第一。世宗时谪云南永昌，达三十年。后人集其诗文为《升庵集》。

宿马底驿[1]

戴月冲寒行路难，霜花凋尽绿云鬟。
五更鼓角催行急，一枕乡思梦未成。

沅江曲二首

一

绿萝山豁午烟开，野贩山樵竟野回。
叠浪高潭浑不畏，舸艚船上唱歌来[2]。

二

碧天霜冷月明多，平澧风交湘水波。
夜夜枫林惊客棹，村村铜鼓和蛮歌。

---

[1] 马底驿：在沅陵县马底驿乡，古有驿站。
[2] 艚船：货船。

唐愈贤

唐愈贤，字子充，湖南沅陵人，明嘉靖五年（1526年）进士。官宁海知县，升广东道监察御史，以乞养归，从王守仁学。

伏波祠

千古勋名徼外天，残碑犹记中兴年。
苍藤古木生寒籁，断牖残楹锁暮烟。
万里音书规画虎，五溪风景堕飞鸢。
而今矍铄翁何在[1]，回首壶关一惘然。

岳武穆祠[2]

武穆祠堂楚水涯[3]，短墙残草映疏花。
奸谀何代无秦相[4]，忠孝谁人似岳家。
风静鱼龙吹细浪，月明鸥鹭宿平沙。
遥看古墓空山上，万树南枝日欲斜。

---

[1] 矍铄翁：指伏波将军马援。
[2] 岳武穆祠：岳飞祠。岳飞死后谥武穆，泸溪县境原有祠。
[3] 楚水：沅水，古属楚地。
[4] 秦相：南宋奸相秦桧。此指像秦桧一样的奸佞之徒。

沈 镒

沈镒,字靖阳,湖南靖州人,明嘉靖十二年(1533年)拔贡,官曲靖府通判。

吊宋义卿先生

文山义壮燕关狱[1],屈子忠魂汨水澜。
万古精灵同一辙,霜风吹透鹑衣寒。

---

[1] 文山:文天祥。此以文天祥喻宋以方。

许　潮

　　许潮，字时泉，湖南靖州人。明嘉靖十三年（1534年）举人。官河南新安知县，为宋义卿门生，于戏剧多有研究创新。

吊宋忠节公

身任封疆臣，当为封疆死。
到处青山下，白骨皆可委。
烈哉西溪翁，忠言犹在耳。
浩气塞苍雯，安肯同犬豕。
仲连东海情[1]，文山衣带旨[2]。
慷慨赴洁流，千载耀青史。

---

[1] 仲连：鲁仲连，战国末期齐国人，助田单复兴齐国，义不连秦。
[2] 文山：文天祥，南宋军事家。抗金被俘，宁死不屈，以身殉国。

周尚文

　　周尚文，湖南靖州人，明嘉靖十九年（1540年）举人，官台州通判。

嘉忠祠谒宋忠节公

危峰削起插天关，雄压渠西万点山。
偶劈奇英开混沌，便分孤气塞时艰。
楚云目断香魂远，彭水波高客泪潸。
每过宗祠瞻俎豆，阴风如动睫眉间。

郭 棐

郭棐，字笃周，明广东南海（今广州）人。嘉靖进士，授礼部主事。历官夔州太守、四川督学、光禄寺正卿。明万历十六年（1588年）至十九年（1591年），曾任湖北分守道，驻节辰州。著有《粤大记》《岭海名胜记》《广东通志》《四川通志》及《齐楚滇蜀诸稿》。

万历戊子秋游钟鼓洞因怀王文成公即次原韵[1]

倚阑静爱南山色，钟鼓迎风送好声。
胜迹古来传穆满[2]，留题吾自忆文成。
寒华著树偏萧瑟[3]，世态浮云任变更。
所喜沧江无柝警[4]，扁舟摇漾锦波平。

---

[1] 王文成公：即王守仁，守仁卒谥文成。
[2] 穆满：指相传周穆王藏书大酉洞事。穆王，昭王子，名满。
[3] 华：即花。
[4] 无柝警：没有战事。古时战士戍边，发现敌情鸣柝报警。柝相当于梆，以木镂空，敲击有声。

李焕然

　　李焕然，字子晦，湖南黔阳人，明嘉靖二十四年（1546年）举人。历官陕西铜官知县，福建建宁府教授，擢建宁府通判。

登叶家山

梯云陟园峤，空雾沉冥冥。
上有仙人掌，疑摘高垣星。
天泉飞玉液，石洞横金经。
名僧开觉路，骨蜕留真形。
我来阅田畴，无缘结山灵。
忽看气深紫，烟中芝茎馨[1]。
因之恣餐饵，可以希长龄。

---

[1] 按："馨"字不押韵，但原诗如此，未深考。

李 乐

　　李乐，字和仲，号鹿泉，湖南泸溪人，明嘉靖十四年（1535年）进士。历官南吏部主事，出为河南参议，终太仆寺卿。

鹿泉洞

石洞冥冥传有仙，太康之后今何年[1]。
兰香芷馥浮晴川，夹岸桃花势欲然。
洞中平旷堪草玄，冰崖玉筱生秋妍。
悬泉泻出碧漪涟，聊傍春丛一系船。
愧无新词石上镌，举头拍手望青天。
王乔叔度皆世贤[2]，百年郁滞凭君宣。
逃亡渐渐归农田，不妨乘暇穷源泉。
金碧灵文遗古仙，供君得意忘蹄筌[3]。

兰泉山[4]

行近泉流处，幽香袭去舟。
云深春雨暗，山静鸟声柔。
石洞幽期迫，空江翠霭浮。
呼童煮山茗，何异赤松游。

---

[1] 太康：晋武帝司马炎年号（280—289年）。
[2] 王乔叔度：王乔，王子乔；叔度，后汉黄宪，二人皆古之贤士。
[3] 忘蹄筌：野味和水产，此用得鱼忘筌典故。
[4] 兰泉山：在泸溪县城南三十里，飞泉直下如练，下有洞名兰泉。

卢 水[1]

野寺钟声唤客愁，空江月色映清流。
歌残鱼艇横长浦，影落飞鸥过小舟。
云静苍茫烟树远，风微杳渺石溪幽。
今宵露坐无穷意，欲向春风上古楼。

龙 溪[2]

龙溪潭西还有龙，抱珠夜夜潜深踪。
万雷不惊眠自稳，一雨过时渊生容。
气连岛上三千丈，云锁江边十二峰。
奋起层霄见头角，岂宜潭底任渠慵。

---

[1] 卢水：即泸溪，又名武水。
[2] 龙溪：指泸溪，泸溪上游水出大龙洞、小龙洞，故名。

牛 凤

牛凤，泸溪人，明嘉靖十年（1531年）举人，生平事迹不详。《兰泉山》诗见《辰州府志》。

兰泉山

石峡涓涓落，幽兰一片香。
清波浴日月，异臭逐帆樯。
江风吹不断，山雨洗还芳。
到海终须别，流光满四方。

浦市山庵忆旧

曾向空亭坐岁寒，夜深灯火照江干。
八年踪迹布袍稳，方丈清虚禅榻安。
面壁只余斋仡佬[1]，茶毗不见旧僧官。
交游落落俱星散，眼底云山依旧看。

---

[1] 仡佬：仡佬族。泸溪清时有仡佬人。

朱鸣阳

朱鸣阳，字应周，号南冈，福建莆田人。明正德五年（1510年）举人，正德六年（1511年）进士。嘉靖六年（1527年）贬云南参议时途经沅水流域。嘉靖十一年（1532年）任浙江右布政使。

辰州伏波庙

早岁遨游识帝王[1]，晚年筹略靖遐荒[2]。
汉家冠冕通南极[3]，交趾山河职上方。
柱立乾坤功不朽，名高日月谤何伤。
五溪寺庙今方盛，借问麒麟孰久长[4]？

---

[1]"早岁"句：指马援助汉武帝破隗嚣事。
[2] 靖遐荒：指马援征五溪蛮事。靖，安定。遐荒，边远荒凉的地方，指五溪一带。
[3]"汉家"句：指马援征交趾，建铜柱表功事；说汉朝的统治已经达到了极南边。
[4]"麒麟"句：汉武帝时建麒麟阁，汉宣帝时绘霍光等十一人像于其上，以表其功，而无马援。麒麟阁早就不存在了，而五溪地方的伏波庙却到处都烟火方盛，在人民心中，谁的影响长久呢？

何 经

何经，字盘斋，号宗易，广东顺德人，明景泰五年（1454年）进士。累官广西布政使，迁右副都御史，抚治郧阳。

经酉水[1]

自下明溪说酉阳[2]，酉阳溪水净于霜[3]。
缘河直下泻苍苔，抱岸斜拖翠带长。
晓际凝云过岳渚，夜深流月渡沅湘。
滔滔一去无时息，肯送游人到故乡。

砂井凝丹[4]

古洞深深不可攀，应知此处是名山。
凿开娲氏补天石[5]，探得葛洪烹鼎丹[6]。
流水有源通地脉，问津无路透人间。
个中谁识长生诀，迟我相从访大还[7]。

---

[1] 酉水：即酉溪，发源于重庆酉阳，东流入湖南境，折东南流，至沅陵县城西注入沅江，为武陵五溪之一。
[2] 明溪：酉溪支流，酉水上游有小镇曰明溪口。
[3] 酉阳：治今湖南古丈，汉置武陵郡酉阳县，治王村（今芙蓉镇）。唐段成式著有《酉阳杂俎》。
[4] 砂井：疑指辰溪大酉山丹池，传为张果老炼丹之处。
[5] 娲氏：指女娲。
[6] 葛洪：东晋道教学者，著名炼丹家、医药学家，号抱朴子，曾隐居罗浮山炼丹。
[7] 大还：道家炼丹名。道家炼丹有小还丹，大还丹。此指炼丹。

壶头夜月

汉将当年汗马劳,壶头辉映月轮高。
光涵古戍惟荒垒,影落空墙只野蒿。
碧汉星稀飞鸟尽,丹枫霜冷乱猿号。
自此一去成辽邈,犹有行人说六韬[1]。

---

[1] 六韬:兵书名,分为文韬、武韬、龙韬、虎韬、豹韬、犬韬。此指马援的军事才能。诗写马援事。

康正宗

康正宗，字宾峰，湖南邵阳人，明嘉靖十九年（1540年）举人。官广昌（今江西广昌县）知县。

双清亭有感[1]

尘世污流大莫支，皋亭何独对涟漪。
两江资邵澄清处，万古夷齐媲美时。
到海黄河终齿辱，长空明月是心知。
寒光午夜清毛骨，未许贪夫一妄窥。

---

[1] 双清亭：在邵阳市北，资江、邵水汇于其下，故名，为"宝庆十二景"之一。始建于北宋，现辟为双清公园。

王德立

王德立，字心宇，湖南安化人，明嘉靖举人，官铜梁县（今属重庆）知县。

湘浦吟，为杨友母赋

湘之浦，水泠泠。
湘水泠泠注洞庭，湘山黯黯啼猿醒。
缥缈湘山万竿泪，回首苍梧天欲冥。
苍梧迢递接南海，万里招魂杳难待。
孤凰万里心俱驰，此心可摧不可改。
此心一片如孤月，悔不当年共圆缺。
清光夜夜澄湘流，那知岁月暗飘忽。
七十年来鸳梦寒，冰霜为操玉为肝。
沟渎之谅岂能若[1]，儿孙玉立饶芝兰。
颓波谁作中流砥，耿耿孤芳映青史。
一成不遂虞思封，何事湘山空泪浓。

---

[1] 沟渎：沟渠。

易登瀛

易登瀛，字君选，河北任丘人。明隆庆五年（1571年）举人，万历五年（1577年）进士。历任工部主事，山东兖州知府、河南布政使、都察院右副督御史巡抚湖广。

辰州道中四首

一

此处长江江外山，山头江月落潺湲。
夜深岩狭江流急，谁信人生行路难。

二

瞻拜江边马伏波，威名铜柱古今多。
闻道南夷方负固，将军何以助天戈。

三

奉命驰驱使鬼方，楚天江汉路茫茫。
已知酋房方骄恣[1]，早靖旄头报未央[2]。

四

郁郁葱葱云树深，纷纷鸟雀占高林。
翩翩独奋南天翮，那识扶摇万里心。

---

[1] 酋房：少数民族部队。
[2] 未央：未央宫。此指朝廷。

张景贤

张景贤，四川眉州（今眉山县）人。明世宗时，倭寇犯境，曾迎战于南通狼山，大捷。世宗赐金帛，擢右佥都御史。其书法绝妙，诗文亦佳。

同岑蒲谷、王大酉、李缉庵登阳明书院[1]

谁栽桃李满溪头，千古怀人思未休。
寂寞江山开胜迹，参差楼阁枕寒流。
阶除月动纶巾影，蘋藻香飘杜若洲。
渔火笛声相缥缈，不禁清兴更淹留。

---

[1] 岑蒲谷、王大酉、李缉庵：事迹不详。阳明书院：即沅陵虎溪书院。王守仁，曾筑室阳明洞中，明白事物原理获得知识的道理。研究程朱理学，提出自己的见解，世人服之，称其学说为"阳明学"。王守仁从贵州龙场回京，曾在沅陵隆兴寺讲学，后其门生徐珊在沅陵隆兴寺旁虎溪山建书院纪念，称虎溪书院。阳明书院即虎溪书院。

王 京

　　王京,字来觐,明江西上高人。隆庆二年(1568年)进士,授同安知府。因忤权贵免官。隆庆六年(1572年)任卢溪知县。万历三年(1575年)升衡州同知。诗多反映民生疾苦。

卢 水

千山群籁寂[1],孤棹一灯明。
岸曲藏沙碛。江空落磬声[2]。
客愁杯酒暝,诗思梦魂清。
明发沧波渺,相看锦缆轻。

---

[1] 籁:空虚中发出的声音。
[2] "江空"句:江天空阔,水声如钟磬声。

张继志

张继志,字希孝,湖南武冈人。笃学厉行,能为诗。明隆庆中朝廷几次征召,均辞而不赴,布衣终老。

南　山

山雾初收紫殿开,扪萝同上最高台。
银缸梦榻游仙去,天雨沾衣礼佛回。
花下黄冠频乞赋,松前白鹤恳留杯。
使君高况星河上,愧我原非李白才。

邹元标

邹元标，字耳瞻，明吉水（今属江西吉安）人。万历进士，熹宗时累官左都御史。魏忠贤乱政时罢归。崇祯时赠吏部尚书、太子太保，卒谥忠介。万历初因忤丞相张居正，谪戍都匀卫（今贵州都匀），道经辰溪。

辰溪钟鼓洞

石室谁人凿，冷然钟鼓声。
风回应谷响，籁静自雷鸣[1]。
苔护新题草，云留古台枰[2]。
苍苍樛木在[3]，临眺独含情。

---

[1] 籁：空谷中发出的声音，即天籁。
[2] 枰：棋局。大酉山上有石棋盘，传说为善卷所留。
[3] 樛木：向下弯曲的树木。

侯加地

侯加地，字庆宇，明解州（今陕西解县）人，万历举人。万历二十五年（1597年）曾任辰州府推官。

辰州北极观[1]

北郭遗尘境，南华是道机[2]。
露悬青桂冷，霞绽紫芝肥[3]。
谷静钟声远，山空野色微。
持书问元度，神与白云依。

过辰阳

残腊抵任即泛舟赴岳阳，时值大雨，因忆太白"如此风波不可行"之句，率赋一律[4]。

俗累应难脱[5]，辰江未易过。
舟师戒桨枻[6]，津吏指风波[7]。
石碛连青嶂[8]，人家住绿萝。
红尘几奔走，自在愧渔蓑。

---

[1] 北极观：祀北辰（北极五星），在沅陵县城北。
[2] 南华：指庄子，唐称庄子为南华真人。
[3] 紫芝肥：指翻腾的云彩像硕大的紫芝一样。紫芝：菌名，木耳的一种。晋陶渊明诗："紫芝复谁采，深谷久应芜。"
[4] 太白：唐代诗人李白，字太白。
[5] 俗累：指琐事缠身。
[6] 舟师：船夫。枻：楫。
[7] 津吏：管理渡口、桥梁的小官，此处偏指前者。
[8] 石碛：沙石结成的浅滩，此指礁石。

泊横石滩[1]

去住浑成梦,驱驰已迫年。
刚离豺虎窟,又过凤凰山[2]。
雨密烟笼树,江空水接天。
石滩风露冷,转觉酒无权[3]。

辰溪次曹明府[4]

弦诵千家月,风骚二酉岩。
琴间单父几[5],诗入少陵函[6]。
南国棠偏好[7],西风桂不凡。
范尼莫须问[8],屈指紫丝衫。

---

[1] 横石滩:在沅陵县东北四十里沅水中。有石梁横水底,故名。为沅陵以下沅水中十八险滩之一。
[2] 凤凰山:在沅陵县城南,与沅陵县城隔河相对,山形如凤,故名。
[3] 酒无权:因为天冷,喝起酒来无法控制。权,权制,节制。
[4] 曹明府:时任辰溪知县曹行健。
[5] 单父:单凫,即"单凫寡鹄",琴曲名。《西京杂记》:"齐人刘道疆善弹琴,能作单凫寡鹄之异。听者皆悲,不能自摄。"几:案。
[6] 少陵:杜甫。函:匣。
[7] 棠:棠阴,指做官的地方。
[8] 范尼:范雎与仲尼。范雎,战国时魏国人,在魏在齐均被人诬陷;仲尼,孔子,一辈子未做过官。此自喻也。

曹行健

　　曹行健，字廉恕，明直隶当涂（今属安徽）人，岁贡。明万历三十五年（1607年）任辰溪知县，后擢雷州同知。有善政，辰溪人曾建生祠祀之。著有《留珠集》。

辰溪郊行巡耕

宿雾初收霁色迟，为乘阳气急农时。
遥循夏日观风谚，还听周人祈雨诗。
鸟度山村闻布谷，酒近耆旧醉鸱夷。
惭予餐素膺民社，何日含哺慰所思。

曹一夔

曹一夔，字子韶，号双华，湖南武冈人。明万历三年（1574年）进士，授行人，考授监察御史，巡视山东、长芦等处盐法，巡按四川，转浙江嘉湖道兵备佥事，所至有声。去职后闭门著书，足迹不履城市。有《虚白堂集》。

登威溪山[1]

选胜来百里，威溪山境僻。
大块叠层巘，嵚岖石磴窄。
两足披浮云，所恃青筇策。
瀑水溅衣凉，溪潆成带索。
沿溪历凹凸，葱箐云窦划。
壁削龙门险，路还鸟道绎。
蜿蜒界山阿，梯级开阡陌。
顶矗青螺堆，长亘苍龙脊。
蹲趾蹑茅根，一步复一却。
回顾半天影，恍惚褫神魄。
前欣峻坂夷，转盼溪痕坼。
度坂怡素心，盘礴坐沙碛。
踌躇行且止，恨不翔双翮。
遐举翠微寒，清风生两腋。
奈此济胜具，难脱尘寰迹。
逡巡苦巑岏，空忆王乔舃。
窅冥啸孤猿，揶揄山鬼吓。
欲扶盘石安，险虞虎豹迫。

---

[1] 威溪山：在武冈县与城步苗族自治县交界处。

匍匐历崔峣，岂敢中道掷。
山上复有山，奄忽青天夕。
揽衣结翠深，秀把芙蓉摘。
尧封指顾间，八荒归几席。
搔首发狂啸，苍昊惊咫尺。
一释向平愁，宁为儿女役。
嵯峨琢天手，白日雷霆辟。
吼云黯素秋，万峰双掌拍。
块然土木骸，今作青云客。
上有避秦人，鸡犬亦犹昔。
烧鼎炼还丹，并注游仙籍。
手把黄庭篇，口叱神羊石。
谷神永不化，玄服黄金液。
逍遥日月旁，驭空双龙适。
飘摇御沆瀣，仿佛来姑射。
惬此担簦游，陶然岸白帻。
岂应夙世缘，或更紫宵谪。
所以幻世躯，乃见神仙宅。

南　山[1]

徙倚南山上[2]，萧森野色漫。
秋声引崖溜，鹤语落松湍。
云逼群峰白，风高两腋寒。
诗成发长啸，大块此生宽。

---

[1] 南山：在城步苗族自治县西部。
[2] 徙倚：流连徘徊。

云　山[1]

春郊扶杖惬游情，陌柳如风畅晓晴。
石窦白飞千涧雪，山窝红叠万花城。
空余丹鼎卢侯迹，寂寞秦台竹树声。
此日登临兴豪发，芒鞋无地任云行。
春暮探春行入谷，一竿黄日万山曛。
茶铛试火僧回梦，竹榻传经鸟惯闻。
石罅云深迷不度，芙蓉寒削翠无群。
坛荒竹扫空人世，独坐禅房对此君。
一派晴岚拂翠浓，香台天外锁芙蓉。
赤标琪树明丹阁，白练寒流绕玉龙。
风静坛空谁扫竹，林深烟暝一闻钟。
劳生试卜从师地，共道卢侯鼎未封。

宝方山[2]

探春偶入桃源曲，日落鸣钟扣上方。
花散诸天传佛语，云深万壑有僧藏。
藓蚀绣斑迷禹碣[3]，茵铺瑶草借金光。
初衣何处逃尘孽，石洞芙蓉紫翠旁。
洞门瑶草白云深，千树万树绿森森。
消愁浊酒混尘世，返照层台起夕阴。
山寺依微看鸟度，岩湫仿佛听龙吟[4]。
石床丹灶空流水，有约仙灵何处寻。

---

[1] 云山：在武冈县城南十五里，集名胜古迹，森林于一体、今为省级自然保护区。
[2] 宝方山：又名宝胜山，资胜山，在武冈县城东南二里。
[3] 禹碣：记载大禹治水的碑。
[4] 岩湫：岩洞中的流水。

张文耀

张文耀,字芝阳,湖南沅陵人,明万历五年(1577年)进士。官四川巴县、铜梁(今属重庆)知县,擢御史,出为云南副使,调川东参政,历四川左布政使。

夏日同客集北郊崇兴禅寺

青山曲曲抱孤城,山外晴岚倚槛生。
别后风采堪一笑,重来丘壑倍多情。
天连远水浮云尽,寺拥长林落照明。
我自十年称吏隐[1],对君何惜放歌声。

---

[1] 吏隐:指隐于下位。杜甫《院中晚晴怀西郭茅舍》诗云:"浣花溪里花饶笑,肯信吾兼吏隐名。"

樊良枢

樊良枢，字南植，号致虚，明江西进贤人。万历三十二年（1604年）进士，官仁和知县，历刑曹。崇祯二年（1629年）出为云南提学副使，改浙江。旋任湖北分守道驻节辰州。

渡辰江谒伏波祠[1]

汉廷铙鼓动南征[2]，暑气淫蒸毒潦生[3]。
横笛几人悲羽调[4]，和歌一曲变秋声。
明珠自掩孤臣泪[5]，铜柱犹标大将名[6]。
薄视云台吹剑看，五溪千里暮云平。

凭虚楼小集

送腊江梅花满枝，逍遥聊汀岁寒期。
壮怀无计留青史，吏治多虞愧素丝。
相命且传鹦鹉盏，同袍应念鹡鸰诗。
诸君雅意存桑梓[7]，好以讦猷慰所思。

---

[1] 辰江：即沅江。
[2] 铙鼓：本乐曲名，古代行军出征常奏此乐，此指军乐。
[3] 毒潦：指瘴气混杂在雨水中。
[4] 羽调：即悲壮的曲调。《战国策·燕策》："复为慷慨羽声。"羽，五音之一。
[5] 孤臣：指屈原。
[6] 铜柱：马援征交趾，立铜柱以记功。
[7] 桑梓：故乡。

车大任

车大任,字子仁,湖南邵阳人,明万历八年(1580年)进士。授江西南丰知县,谪平谷尉,复由遵华知县入为南评事,历礼部郎中,出为福州知府,以外忧去。后补嘉兴府擢嘉兴兵备副使,分守温处参政,以母老请养归。著有《囊萤阁正续集》四十卷,兵乱后被毁。

过秋田访胡先生墓二首[1]

一

行行邵陵西,秋田君故里。
墓碣久凄凉,花竹空如绮。
怀古亦何心,踟蹰独不已。
诗魂千载存,云我谁何氏。

二

三唐多伟人,君亦声名早。
尺檄破南蛮,岂事空文藻。
咏史诗百篇,芳踪犹可考。
家还苗裔存,谁为传君草。

别临清武双溪

十载相逢章水滨,与君同醉异乡春。
谁知今日清源道,又向天涯别故人。

---

[1] 秋田胡先生:中唐胡曾,邵阳秋田人,号秋田。高屏镇蜀,辟掌书记,有《安定集》十卷,《咏史诗》三卷,《全唐诗》合编为一卷。

金溪苦雨

咫尺金溪道，年来几度过。
邮程千里急，乡梦五更多。
雨色迷芳草，风声走浊河。
泥途轩冕意，去住欲如何。

送吴求蜀还蒲圻

我留君且住，尽日醉春醪。
作客修长铗，归心慰大刀。
片帆淮浦远，匹马楚山高。
莫负重来约，相思梦寐劳。

平谷署新成酬王明府[1]

小坐衙斋万虑沉，题诗况复见同心。
继来庖廪供朝夕，借与图书阅古今。
边邑有年公事少，孤臣无恙主恩深。
一枝已惬鹪鹩愿[2]，莫羡翻飞向上林。

平谷答客

吏散庭空早闭门，焚香煮茗当开尊。
乡书易断衡阳雁，客思难闻楚峡猿。
榆塞风沙生白发，草堂烟雨促黄昏。
微官牢落心能静，赖尔清吟一晤言。

---

[1] 王明府：姓王的县令。
[2] 鹪鹩：鸟名，即黄脰鸟。庄子《逍遥游》："鹪鹩巢于深林，不过一枝。"

北　塔[1]

两江倾向邵陵东，一塔高标砥柱雄。
水势自环村郭外，山形如列画图中。
丹梯迥步尘凡隔，碧落遥惊笑语通。
绝顶登临频极目，满城佳气霭青葱。

刘在田侍御诏起西台送别[2]

骢马翩翩去不留，使臣衔命别沧州。
六亭山色难招隐，四海苍生待运筹。
破斧缺斨劳远役，新丝旧谷总深忧。
还朝天子如相问，先道湖南困播酋。
紫泥新奉上长安，白简霜飞六月寒。
直以肝肠图报称，正怜时事剧艰难。
千村杼柚忧何亟[3]，百货征瑶法未宽。
补衮回天须妙手，早裨庙算罢中官。

---

[1] 北塔：在邵阳双清亭附近。
[2] 刘在田：刘应龙，邵阳人，号在田，与车大任既是同乡，又是同科进士。时任御史。
[3] 杼柚：织布的梭子。此指穿梭。

刘应龙

刘应龙，字文见，一字在田，湖南邵阳人。明万历八年（1580年）进士，授昆山知县，行取御史，巡按山西、福建、北直隶，迁南太常少卿。著有《一得编》。

次韵东山寺无量袈裟[1]

一

菩提无树况枝条，法界重重万劫超。
丈六金身余我相，衲衣留待众生描。

二

钟磬无声灯自明，袈裟右袒说无生。
大千世界非非想，泼地蟾光何处擎[2]。

---

[1] 袈裟：梵语，谓僧衣。此指和尚。
[2] 蟾光：月光。唐李贺《感讽》："岑中月归来，蟾光挂云岫。"

江盈科

　　江盈科，字进之，湖南桃源人，所居距篆萝山不远，故号篆萝。明万历二十年（1592年）进士，除长洲知县，擢吏部主事，历官四川提学佥事。有《雪涛阁集》十四卷。

辰阳舟中

沅江春水绿如醅，柔橹轻摇响易哀。
十二湘帘都卷起，放将山色入船来。

张士升

　　张士升，号积生。湖南沅陵人，张文耀子。明万历十七年（1619年）进士，授江西新喻知县，调浮梁，擢户部给事中。为官清正。天启五年（1625年）乞假归乡，卒于家。著有《奇响斋文集》，尤工诗。

怀九矶[1]

　　结庐九矶上，垂钓九矶隈。
　　所钓非钓鱼，钓矶生绿苔。
　　长悲濯缨人[2]，抱石竟不回[3]。
　　黄尘天地塞，白骨鱼龙堆。
　　矫矫严子陵[4]，千古铜江台。
　　天命有兴废[5]，末俗争喧豗[6]。
　　投竿誓归去，一啸秋波开。

---

[1] 九矶：滩名，在沅陵县城东北三十里处。石矶有九，盘曲嶙峋，水流湍急。

[2] 濯缨人：指屈原。《楚辞·渔父》："渔父莞尔而笑，鼓枻而去，歌曰：'沧浪之水清兮，可以濯我缨；沧浪之水浊兮，可以濯我足。'"

[3] 抱石：指屈原投江事。

[4] 矫矫：倔强貌。严子陵：即严光，字子陵，东汉初会稽人，与刘秀同学。刘秀称帝后，严改名隐居。

[5] 天命：指国家命运。

[6] 喧豗：轰响声，大而嘈杂。豗，轰响。李白诗《蜀道难》："飞湍瀑流争喧豗。"

界亭道中[1]

故国早入望,崎岖心较安。
劳人频问路,乡语助加餐。
家近转生梦,霜清翻作寒。
万山红树里,匹马画图看。

步野寺

兀坐忽不适,来寻禅悦群。
断桥初过雨,高树欲留云。
灯火连僧屋,梅花压古坟。
窅然清磬发,相对老迦文。

---

[1] 在沅陵县城东北一百三十里处。古有驿站。

余鹍翔

余鹍翔,字诞北,一字唱若,湖南辰溪人,天启五年(1625年)进士。除金溪(今江西)知县,调遂溪,入为户部主事,历员外郎,以布政参议守徽宁道,迁浙江按察副使,调山东副使。明亡后奔波滇黔间,以悲愤死。

家远辰阳宦游萍梗悲秋有作遥寄故人[1]

(三十首选二)

一

凉驾逐金风[2],萧疏草木同。
客心关晓露,归梦伴宵虫。
葵菽烹田父[3],元黄促女工。
豳风思往古[4],余喘怅风蓬。

二

疏星映楚山[5],明月照吴关。
鱼雁多时断[6],荆榛此日删。
天河澄洗甲,营柳淡开颜。

---

[1] 萍梗:比喻行踪无定。
[2] 金风:秋风。
[3] 葵菽:蔬菜豆类。田父:老农。
[4] 豳风:《诗经·国风》之一,如《七月》《公刘》等,后以周公所作之诗为豳风。
[5] 楚山:楚地的山,此指雪峰山。王昌龄《别皇甫五》:"溆浦潭阳隔楚山。"
[6] 鱼雁:指书信。

壮士青萍气[1]，秋风渐沥间。

闻刘念台先生被放[2]

皇威方震虢[3]，忠爱此诗心。
抗疏回天苦，忧时去国深。
云从归路暗，日为逐臣阴。
惨淡春明水，秋蝉寂为吟。

悲秋有作遥寄辰阳故人

（五首选三）

一

幽栖甘茹蕨，遁世味先几。
贫惯琴书典，寒怜风日晞。
但教愁似织，谁与赋无衣。
渺渺蒹葭思，予怀忆往徽。

二

承平思将帅，慷慨誓戈矛。
每值鹰初击，常怀垒在郊。
西风寒塞草，南服困军饶。
回首增忉怛，何堪虎夜虓[4]。

---

[1] 青萍：名剑。此喻雄心壮志。
[2] 刘念台：其人不详，应为余鹍翔同事，因进谏而被放逐。
[3] 虢：恐惧貌。
[4] 虓：同啸。

三

衰柳六桥斜，风摇杂乱沙。
迁宫仍似客，垂老惯无家。
往事飘残叶，新愁寄远槎。
一亭聊徙倚，看遍晚秋花。

潘应斗

　　潘应斗，字章辰，湖南武冈人，明崇祯十六年（1643年）进士。明亡后仓皇南奔，濒死燕齐，辗转途乞，达南京，上书陈时政，言甚激切，为阮大铖等所扼，以资授广东万州知州。值金陵、福建相继陷没，桂王称号肇庆，授御史，改吏部郎中，寻加太常寺卿。时刘承胤擅权乱政，劫迁桂王于武冈。潘应斗度力不能支，乃弃官去。晚年卜筑威溪。著有《白石山史评补》《允孚堂诗文集》。

资江晚渡

崖深树易昏，暝色生前浦。
行迹辨平沙，空音落轻橹。
烟从鸦路归，月傍渔灯吐。
谁怀恤友心，独行宁踽踽[1]。

晓望云山

迤逦分鹑尾[2]，苍茫接翼躔。
一州当翠宸，八面削青莲。
丹室应留火，泉源每破烟。
只疑蒸蔚处，常作晓霞天。

---

[1] 踽踽：一个人行走，孤单的样子。
[2] 鹑尾：星宿名，指翼、轸二宿，古以为楚之分野。

云根石

夏云多奇峰，云具山之状。
孰知云有根，乃在兹山嶂。
侧立半欲倾，飞舞势来向。
补天娲焰激，填河秦鞭丧。
秋空迸翠华，月露滴清浪。
流结此山隈，晦藏得无恙。
自是世外姿，尘俗焉能相。
袍笏何足荣[1]，应知米颠妄[2]。

天池观

崱屴一危峰[3]，高霞翼其足。
云外起寒鸦，老树影茅屋。
云是道人居，碑碣犹堪读。
其下有甘泉，可以涤尘俗。
徘徊几朝昏。枕漱遂吾欲。
宁止茗战佳，清流未可渎。
于此炼清虚，心斋日三浴。
凡情一以消，仙骨莹寒玉。
醉梦尽虫虫，此意将谁告。

---

[1] 袍笏：指为官。袍，古代官员穿的服装。笏，古代官员上朝时所持记事板。
[2] 米颠：米芾，宋代书法家。
[3] 崱屴：山高峻貌。

登威溪山因而卜筑四首[1]

一

移山无力买山难,且与山灵乞剩残。
曲宕声光穿一水,各呈头面布诸峦。
四朝留得冯唐鬓,六载曾辞弘景冠。
输我此中成老逸,寤言奚问硕人宽。

二

无复飘风入曲阿,却耽地僻少经过。
云生洞口常吞径,雀到门边不忌罗。
只为蔬畦频抱瓮,每寻渔艇一披蓑。
闲缘好惜天相假,今日青山自昔磨。

三

行野连年叹蔽樗,此身到处即吾庐。
由来萧艾无分畛,岂有烟霞待券书。
曼倩文成垂子诫,邵平瓜在带经锄。
神龙潜见因时耳,詹尹何能待卜居。

四

此地谁云非我有,幸于丘壑性同深。
幻缘摩诘诗中画[2],哑谜孙登啸里音。
夏木交交禽啧荫,秋泉汩汩石成吟。
兵戈满路相知少,几幸于兹淡寂心。

---

[1] 威溪山:在武冈县与城步苗族自治县交界处。
[2] 摩诘:指唐代诗人王维。世称其诗中有画,画中有诗。

杨嗣昌

　　杨嗣昌，字文弱，湖南常德人。明万历进士。崇祯时累官兵部右侍郎，总督宣大山西军务。时李自成、张献忠起，义军势力日大，明王朝即将覆灭。嗣昌受命督师。张献忠陷襄阳，杀襄王，嗣昌惊悸，上疏请死。俄闻李自成陷洛阳，杀福王，遂不食而死。

彝望山[1]

每爱昌黎语[2]，青罗绾碧簪。
所矜吾土美[3]，遥获古人心。
四壁信孤影，五溪怀众音。
冬春两携策，梢不昧高深。

---

[1] 彝望山：又名夷望山，在沅陵县东北一百八十里，与桃源县交界之沅水中，其山孤竦中流，浮险四绝。

[2] 昌黎语：唐韩愈，世称昌黎先生。诗有"水着青罗带，山如碧玉簪"句。此用其意形容沅水风光。

[3] 矜：自夸。此用为"以……骄傲"。

刘伯瀚

刘伯瀚,字香城,明庐陵(今江西吉安)人,万历选贡。万历四十二年(1614年)任辰州府通判。

过船溪望玉华洞二首[1]

一

野芳随处见山容,十二楼台万壑钟[2]。
石蕊并垂青菡萏[3],云根双结紫芙蓉。
餐霞欲就仙人掌[4],采药疑登玉女峰[5]。
此地避喧非避世,数家鸡犬隔深松。

二

月梯万仞郁崔嵬,杖屦难从思渺哉。
元圃花晴瑶草长,石坛色暖玉华开。
山邻大酉藏书处,客似浮邱跨鹤来[6]。
满耳萧萧松籁发[7],却疑身世在天台[8]。

---

[1] 玉华洞:在辰溪船溪乡双水村。
[2] 十二楼台:人喉管内有十二节称十二重楼。此形容玉华洞之幽深。
[3] 菡萏:荷花。未开曰菡萏,已开曰芙蓉。
[4] 仙人掌:指茂陵仙人承露盘。唐李贺《金铜仙人辞汉歌》:"茂陵刘郎秋风客,夜闻马嘶晓无迹……携盘独出月荒凉,渭城已远波声小。"
[5] 玉女峰:玉女峰有三,其一在华山。
[6] 浮邱:同"浮丘",山名,在广东。相传为浮丘道人成仙处。
[7] 松籁:松涛。
[8] 天台:天台山,在浙江天台县北,仙霞岭山脉东支。古神话有刘晨、阮肇入天台采药故事。此指仙境。

薛　纲

薛纲，字之纲，明山阴（今属山西）人。以进士起家，拜监察御史，巡按陕西，历官至云南布政使。曾以提学副使驻节龙标（今洪江黔城）。

沅州除夜

暂承使节宿龙标，万事伤心注酒瓢。
最苦异乡为异客，可怜今岁尽今宵。
官因老至风斯下，鬓遇春来雪不消[1]。
细向灯前数残齿，一周花甲是明朝。

---

[1] 雪：指白发。

李　栋

李栋，字隆仲，号鹍野，湖南泸溪人，李乐弟。明嘉靖十七年（1538年）进士。官内江、丹徒知县，进文选司员外郎，历云南兵备副使。

仙艖壑[1]

万仞萝藤挂紫烟，洞门溪月共流泉。
种桃已结千年实，敷座曾成四果禅[2]。
今日重来开石柜，幽期聊复检遗诠。
日边五色连云起，又对春风一惘然。

玉田歌[3]

洞灵共作千丘田，仙人许我种玉禾。
元溟之鲤牵作牛，五彩之云翻为陀。
一年一种一千丘，百年种过十万多。
日日鼓腹饱餐之，还舒满眼苍生疴。
从渠沧海翻白浪，我有千丘终不磨。
江天水月隐茫茫，一笑一歌一醉酡。
洞灵化作白髯翁，夜献水碧谢我歌。

---

[1] 仙艖壑：在泸溪县城东二十里沅江石壁上。上有悬棺。前人误以悬棺为艖（船）。沈从文先生文中"箱子岩"即此。

[2] 四果：指佛教的四果。初果须陀洹，二果斯陀含，三果阿那含，四果阿罗汉。

[3] 玉田：玉田洞，在泸溪旧县城南十五里。洞内石板上如小田状，人称玉田千丘。

叶宪祖

叶宪祖,字美度,一字相攸,号桐柏,浙江余姚人。明万历进士,官工部主事,因不肯为魏忠贤建生祠督工削藉。魏忠贤死后起为广西按察使。工乐府,著有《北邙说法》等杂剧。

游大酉洞

家有遗书少能读,十载风尘渐枵腹[1]。
常思一乞造物灵,特赐奇编豁双目。
大酉名字天下奇,中有藏书愿见之。
宦游沅阳幸密迩[2],道旁不顾真可嗤[3]。
县令邀予须一见,座有良朋恣欢晏[4]。
入洞竟闻流水声,垂崖乱叠春云片。
足下怪石争崎嶔[5],两竖扶持不知倦[6]。
幽阴一转一徘徊,缘梯忽见青天开。
出至平冈暂延伫。不见藏书在何许。
藏书隔水水太深,有门如瓮穴如鼠。
吁嗟乎,上灵何吝书何珍,顾予奚囊犹不贫。

---

[1] 枵腹:腹中空虚,没有学问,自谦。枵,大木中空。
[2] 沅阳:沅州(治所在芷江)和辰阳(今辰溪)。密迩:切近。
[3] 嗤:讥笑,此作笑。
[4] 良朋:作者自注:"米御史在坐。"米御史,米助国,辰溪人,官至福建道监察御史。
[5] 崎嶔:山高峻貌。
[6] 竖:竖子,童子。

朱之蕃

朱之蕃，字元升，山东茌平人。明万历二十三年（1595年）状元。授翰林院修撰，历官礼部、吏部侍郎，卒赠礼部尚书。曾出使朝鲜，著有《使朝鲜稿》《纪胜诗》。

龙津桥 [1]

维沅有江，驮游汤汤。
于构于梁，示我周行 [2]。
往者尽伤，今无揭裳。
击毂摩肩，亦孔之臧。
沅江湍兮多狂澜，长年悲兮行路难。
石梁成兮危以安，基孔固兮凭其栏。
歌于途兮生欢颜，于万斯年兮垂不刊！

---

[1] 龙津桥：又名龙津风雨桥。位于芷江县城舞水上，始建于明万历十八年（1590年）。朱之蕃在风雨桥建成四年后作此诗。

[2] 行：此处读 háng（杭）。

唐九官

唐九官，字师济，号天宁，湖南沅陵人。明末岁贡。明亡后隐居不出，致力诗著。有《澹远轩诗草》。

虎溪山次王澹庵先生韵[1]

高阁坐幽韵，登临览化城[2]。
山增群木秀，楼纳远江明。
秋色如僧静，闲云似客行。
孤吟无俗侣，雅抱古人情。

游小酉洞柬王太守

闲寻酉室到云窝，未见藏书见薜萝。
深谷尚余三代俗，白云遥忆穆王歌[3]。
泉飞绝壁人踪少，林翳重冈鸟语多。
看作使君饶异况[4]，胸藏二酉兴婆娑[5]。

---

[1] 王澹庵：其人不详，时为辰州太守。
[2] 化城：德化了的城市。
[3] 穆王：周穆王。小酉藏书，一传周穆王藏书，一传秦时伏生藏书。
[4] 使君：王太守。
[5] 胸藏二酉：指王太守学识渊博，此化用"学富五车，书通二酉"。

题观上人画[1]

上人画山先画势，上人画水但画意。
须臾画出山水图，澎湃崔嵬随笔至。
画一草堂万卷书，画一居士识奇字。
画兰有馨竹有声，烟树流云生奇异。
请师再画千里骥，遂我生平四方志。
闲来更画蓬莱峰，中有真人欲隐去。

---

[1] 观上人：生平事迹不详，做过御史，后皈依佛门。

满朝荐

满朝荐，字震寰，湖南麻阳人。明万历三十二年（1604年）进士，授咸宁（今咸阳）知县。因得罪宦官魏忠贤下狱七年。光宗时为尚宝卿，天启时晋太仆少卿。又因上书言国家危亡之因，弹劾魏忠贤，被斥回籍。崇祯初晋太仆寺卿，未赴卒。

丙寅游大酉洞作二首

一

几年愿作采真游，大酉幽华四望收。
紫药灶寒留虎踞，丹书室浥衍龙湫。
纵横玉笋积三岛，宛委烟衢澈九丘。
坐久徘徊怀远迹，新芳桃李对岩头。

二

未知何代辟鸿濛，旷览周遭兴不穷。
空洞蜿蜒穿地窍，玲珑黛碧透天工。
修丹羽客呼仙兔，遁世幽人驾懒龙。
日驭风衫囊胜景，狂吟端不负豪雄。

念四出城父老攀辕二首[1]

一

三辅郎官初出城[2]，桁杨非辱亦非荣[3]。
君威凛冽身奚爱，国虫驱除世方清[4]。
泪眼千群渭欲赤，青天万口岳为倾。
塞翁得失何须计，留于春秋作话评。

二

向来京兆布阳春，处处民祁代口身。
千载庸秦重逐客，百岁寰海一孤臣。
自怜耿耿难投阁，岂是苍苍惯弄人。
渭水清风南岳月，岁寒还自问松筠[5]。

自 励

三尺龙泉[6]万卷书，苍天生我意如何？
山东宰相山西将，彼丈夫[7]兮我丈夫。

---

[1] 攀辕：满朝荐为咸宁令时，不附魏忠贤阉党，触怒陕西税监梁永，贬广西布政使都司，未行，乃复位。百姓感戴，为其立生祠于咸阳城东。碑文云："渭水可赤，华岳可倾，获我父母，誓同生死。"未几，遭梁永诬陷下狱。临行，百姓攀辕哀号者上万。

[2] 三辅：汉景帝二年分内史为左、右内史，与都尉同治长安城中，所辖皆京畿之地，合称三辅。

[3] 桁杨：械系之具。

[4] 国虫：国家的蛀虫，指魏忠贤阉党。

[5] 松筠：松竹，为岁寒三友之二，满氏以松竹自喻，坚贞不屈。

[6] 龙泉：剑名，这里指宝剑。

[7] 丈夫：古时以称成年的男汉。《穀梁传·文公十二年》："男子二十而冠，冠而列丈夫。"犹言"丈夫"，谓男子汉之意。

狱中思家

故园杨斾五终冬，环堵关河隔万重[1]。
鹤老高堂厨膳薄，鸾孤脏案镜尘封。
节临卒岁添新绪，愁到伤心减旧容。
风刮雪熬天铸我，龙渊犹自淬刚锋[2]。

镇抚司拷

持法三秦吏治标，今朝屈膝法司招。
唤时手足两般械，讯毕廷阶四十条。
投杼飞章神自鉴[3]，凌霜劲节火难焦。
放还倘得遂初服[4]，湘水渔父二酉樵。

咏中山酒[5]

中山醉客日经千[6]，若得骚人逸兴编[7]。
为酌楚狂翻郢雪[8]，独醒独醉总飘然。

---

[1] 环堵：周围是高墙，指坐牢。
[2] 淬刚锋：在刀剑锋上淬火，使刀剑更加锋利坚韧。满朝荐把坐牢看成在刀剑上淬火，可见其不屈之精神。
[3] 投杼飞章：指诬陷。杼，织布的梭子。章，状纸。
[4] 初服：同"初衣"，入仕以前穿的衣服，指归隐。
[5] 中山：山名，在山西径阳、淳化二县交界处。
[6] 醉客：指作者自己。
[7] 骚人：泛指诗人。
[8] 楚狂：春秋时楚人陆通，楚昭王时，乃佯狂不仕，时人谓之楚狂。郢雪：即《阳春白雪》。战国楚宋玉《对楚王问》载："郢人所歌高曲《阳春白雪》，国中属而和者不过数十人。"郢：古楚之都城，在今湖北江陵县内。

新丰道中次杨修龄韵话别二首[1]

一

诘旦方歌行路难[2],夕阳知己怅阑干,
楚人两作秦人别[3],渭水遥连伊水寒。
雨滴愁肠堪击筑,天开名世欲弹冠。
独怜父老牵衣处[4],立马千峰岘首看[5]。

二

相对新丰离绪长,兼兼故里郁苍苍。
青兮骊岳肠千绪[6],红漾河流泪几行[7]。
把袟赓歌明月曲[8],孤踪惯望朔风裳。
圣明咫尺陈舟悃[9],展眼金鸡入渭阳[10]。

---

[1] 新丰:古地名,秦曰骊邑,汉置县骊邑,汉置县,在今陕西省临潼县东。杨修龄:又名杨鹤,湖广武陵人,与满朝荐为同科进士,历长安知县、兵部右侍郎等职,与满朝荐是同乡好友。
[2] 方歌:开始唱。
[3] 楚人两作:指作者与杨修龄均为古楚地之人。
[4] 父老:指咸宁市民。
[5] 岘首:岘首山,在湖北省襄阳县南,又叫岘山。
[6] 骊岳:指骊山,在陕西临潼县境内。
[7] 红漾:即漾水,汉水之上游。
[8] 赓歌:连续歌唱。
[9] 圣明:贤明的君主。
[10] 金鸡:指渭阳,《诗经·秦风》篇名。

卫辉薛锦衣邀饮[1]

何事天涯一剑孤,寒衣甘自剪氍毹[2]。
那知戏马狂山简[3],暂作高阳旧酒徒[4]。
衡岳冻云迷远树,滑河明月淡平芜。
酣余犹掷芙蓉匣,不尽中宵雷雨呼[5]。

涿野怀古[6]

凭车望塔旧神州[7],官柳疏阴落叶稠。
仙仗曾闻资成子,金戈解说扫蚩尤[8]。
鼎湖龙去空秋色[9],华胥风遥读古邱[10]。
疆域不殊苍赤困,孤臣黯抱杞人忧[11]。

- [1] 卫辉:卫辉县,在河南省境内。锦衣:明代官署锦衣卫的简称。锦衣卫,掌管皇宫护卫和皇帝出入仪仗,兼管刑狱、缉捕等事。
- [2] 氍毹:毛或毛麻混织的毛布。
- [3] 山简:晋河内怀县(今河南武陟西)人,晋永嘉三年(309年)任征南将军。
- [4] 高阳旧酒徒:即高阳酒徒,指好饮酒而狂妄不羁的人。高阳,古邑名,又名高阳亭,在今河南杞县。秦末郦食其即此地人,自称"高阳酒徒"。
- [5] 中宵:夜半三更时分。
- [6] 涿野:涿,地名,今河北省涿县。
- [7] 神州:战国邹衍称中国赤县神州,后世称中国为神州,这里指中原。
- [8] 蚩尤:神话中东方九黎族首领,有兄弟八十一人,相传以金作兵器,并能呼风唤雨,后与黄帝战于涿鹿(今河北涿县东南),失败被杀。
- [9] 鼎湖:古代传说黄帝乘龙飞天之处。
- [10] 华胥:《列子·皇帝》载:"皇帝昼寝,梦游游于华胥氏之国。"后用作梦境的代称。古邱:古典,三坟、五典、八索、九邱,指先秦时的典籍。
- [11] 杞人忧:杞人忧天。

狱中即事二首

一

强项何知作楚俘[1]，静思先轨正相符[2]。
苏卿夷犴犹持节[3]，西伯殷图解衍图[4]。
不恨孽王为鬼蜮[5]，却从练境得真吾[6]。
独怜故国桑榆景[7]，千里思牵游子孤。

二

作吏纷纭结俗肠，息机囹圄看玄黄。
那闻冻树鸦兼鹊，不管栖簷风与霜。
倦后就床长短梦，醒来阅史两三章。
凌烟底事悬霄外[8]，几得徜徉云水乡。

---

[1] 强项：倔强不肯低头的人。《后汉书·董宣传》：东汉董宣为洛阳令，湖阳公主家的人白昼杀人，吏役不敢到公主家里逮捕他，后来公主乘车出行，这个仆人跟随着，董宣就当街拦他，把他拉下来杀了。公主向光武帝控诉，帝把董叫去，命小官扶持着，要他向公主叩头请罪。董宣用两只手撑在地下，终究不肯屈服。光武帝只好"因敕强项令出"。后人以强项喻秉性刚直，不肯低首的人。作者以强项令自喻。
[2] 先轨：先君之法度。
[3] 苏卿：指苏武，汉朝杜陵人，字子卿。苏武奉命出使匈奴，被扣。匈奴贵族多次威胁诱降，苏武持节不屈。
[4] 西伯：即周文王，姓姬，名昌。周文王曾被殷纣王囚美里（今河南汤阴北）。衍图：衍"八卦"。
[5] 鬼蜮：即"鬼蜮"传说中能含沙射影，使人害病的动物。后人以鬼蜮喻阴险作恶之人。
[6] 练境：传说中的镜子，能照出原形。真吾：真正的我。
[7] 桑榆：日落之处，通常比喻年老。作者当时已过半百，"年在桑榆间""乃桑榆之景"。
[8] 凌烟底事：唐太宗贞观十七年二月，为纪念开国功臣而建立"凌烟阁"。

128

夜闻钟鼓[1]

楚家秦邑两关情[2]，狱鼓僧钟人耳清[3]。
一击一鸣情转切，分明都是断肠声。

狱中栽松数株有感二首

一

慵看桃李竞争妍[4]，爱尔青青雪里鲜。
移自西山新作砌[5]，养成苍干去参天。
何如未曙鸟曾集，为不田生食可仙[6]。
驹隙寒喧能几许，茏苁澹景便千年。

二

羑城事邈柏苍苍[7]，徒向燕关对夕阳[8]。
非我累臣栖禁地[9]，知君似我有刚肠。
任教花柳三春艳[10]，赢得风霜亿载芳。
野马剧场终幻景，知心恒岳论交长。

---

[1] 钟鼓：寺庙钟声和更鼓声。
[2] 楚家：指作者家乡。楚，是周代的一个诸侯国，它的疆域为湖南、湖北一带，有楚乡之称。秦邑：指陕西省咸宁县。
[3] 狱鼓：监狱中的更鼓。夜分五更，打更按时巡夜。僧钟：寺庙里和尚敲的钟。
[4] 慵：困倦。
[5] 西山：即今北京西山。
[6] 田生：旧谓田神。
[7] 羑城：即羑里。殷纣王囚周文王处，今河南汤阴县北。
[8] 燕：燕京，即今北京。
[9] 累臣：累及无辜受害之臣。
[10] 三春：春季三月。

寄杨修龄

午未金门两岁冬[1]，朝天不似棘林封[2]。
联舻犹记三更夜，孤枕饶闻五夜钟[3]。
坐久慵眼呼蜡烛，恩深添恨掷芙蓉。
一枝托寄长安令[4]，百炼刚肠尚未镕。

怀姚岱给谏[5]

楚狂缃圄朔风高[6]，泣把芙蓉暗已韬。
思度尧阶寻屈轶[7]，步间羑里长蓬蒿[8]。
却怜幽穴孤栖鹄[9]，曾附沧溟千丈鳌[10]。
强项于今甘喋血，多情春夜听猿号。

---

[1] 午未：指万历丙午年（1606年）和丁未年（1607年）。作者时任陕西咸宁知县。金门：又叫金马门。汉代宫门名，在这里指官署门，《史记·滑稽列传》："金马门者，官署门也，门傍有铜马，故谓之曰金马门。"
[2] 朝天：即朝天子，曲牌名。
[3] 五夜：即五更。
[4] 长安令：指杨修龄，时为长安县令。
[5] 姚岱给：人名，与满朝荐同一时期的朝廷命官。
[6] 楚狂：即楚囚，作者自指。
[7] 屈轶：古代传说中草名。
[8] 羑里：古地名，故址在今河南汤阴北。周文王曾被殷纣王囚禁在此。
[9] 幽穴：指囚禁的牢狱。
[10] 鳌：传说中海里的大鳌。

杨　鹤

　　杨鹤，字修龄，湖南常德人，明万历三十二年（1604年）进士。除陕西雒南知县，擢御史，巡盐两浙，转按黔中，丁外艰归。起为大理寺丞，转翰林院，提督四裔馆，升南赣巡抚，因忤魏珰削籍。崇祯时，起副都御史，拜兵部侍郎，总督陕西三边军务，兵部尚书加太子少傅。

饯满太仆赦归 [1]

　　放麑恩遣出长安，千骑红尘紫陌看。
　　强项早知成铁汉 [2]，生还今喜释南冠。
　　霜天鸿鹄排云去，风雨龙蛇破壁寒。
　　独我越吟思子日，向隅犹自涕泪澜。

---

[1] 满太仆：指满朝荐，曾任太仆寺少卿，与杨鹤为同科进士。
[2] 强项：强项令。此喻满朝荐。

刘文箕

刘文箕,字南有,湖南武冈人,明嘉靖三年(1524年)举人。官宣化知县。

龙　潭

碧水西连驿路斜,石崖深处见僧家。
红尘莫惜春风晚,山鸟犹啼未落花。

周　澄

周澄，明沅陵人，布衣。诗选自《沅陵县志》。

过东郊三峿寺

习气殊非少小时，江花江草乱题诗。
尘埃已破三春梦，风雨仍烦一钓丝。
但许我来闲徙倚，也由人笑大痴迷。
山僧曾说因缘话，未必山僧尽得知。

张 岳

张岳,字维乔,号净峰。明惠安(今属福建)人。正德进士,授行人。累迁副都御史,总督两广军务兼巡抚,镇压封川、柳州、连山、贺县农民起义及贵州龙许保、吴黑苗起义,官至右都御史。著有《小山类稿》。嘉靖二十七年(1548年)任兵部左侍郎总督四川、湖广、云贵军务,曾驻节沅州(治所在今芷江),后卒于沅州。

九日登辰州客山[1]

故山回首锁烟扉,廿载驰驱未得归。
偶尔攀梦寻绝顶,那堪把酒对芳菲。
溪云潋滟秋容静[2],疏雨微茫梧叶飞。
似有宿缘成主客,呼童更酌醉斜晖。

---

[1] 客山:在沅陵县城东南十里。
[2] 潋滟:水波流动貌。此指云的流动。

徐 楚

徐楚，字世望，号青溪，浙江淳安人。明嘉靖进士，官至四川布政使参政。嘉靖二十八年（1549年）曾任辰州知府。著有《青溪诗集》。

游泸溪兰泉山

我抱廊庙忧[1]，难忘山水期。
仙岩一展屐，手探白玉芝。
浮槎玩银海[2]，秋毫濡墨池[3]。
仙子何当来，为寄步虚诗。

---

[1] 廊庙：朝廷。廊庙忧，忧国也。
[2] 浮槎：乘坐木筏。槎，木筏。银海：古代帝王陵中，灌水银以为海，称银海。此极言水清透明。
[3] 墨池：在浙江永嘉故城，晋王羲之学书，经常洗笔。久之，池水尽墨，称墨池。

陶钦夔

陶钦夔，字克谐，明彭泽（今属江西九江）人，嘉靖进士。累迁河南巡按御史，历太仓、襄阳、辰沅兵备。嘉靖二十八年（1549年）任湖北分守道摄辰沅兵备，驻节辰州（今沅陵）。

过钟鼓洞步阳明先生韵 [1]

人言辰溪江上洞，我来扣击发天声 [2]。
黄钟玉鼓世云远 [3]，白石苍崖质有成。
地僻已开今古胜，夜深不断短长更。
欲凭丝竹谐雅奏 [4]，共道太阶今已平 [5]。

---

[1] 按：此诗原刻为：镜峰陶钦夔题，嘉靖辛亥秋日。
[2] 天声：雷霆之声，形容声音很大。
[3] 黄钟玉鼓：黄钟本十二律之一，此喻石钟；玉鼓喻石鼓，指其发出的声音而言。
[4] 丝竹：尤管弦，指乐器。
[5] 太阶：同"泰阶"，星名。即三台星，上台、中台、下台，各两星相比而斜上，如阶级样，故名。故以太阶三星平，则天下太平。

林 真

　　林真，字子纯，福建闽县人。明洪武二十六年（1393年）举人。因抗击朱棣被俘，朱棣将其置于栀上，用箭丛射杀。

辛女岩

亭亭孤立武溪滨，犹是当年出洞身。
山月光留妆镜晓，岩花香带绮罗春。
曾随盘古辞丹禁，不逐鸾凤上玉京[1]。
空有香魂化为石，令人吟眺倍伤神。

---

[1] 按："京"不合韵，但原诗如此。也许明代无前鼻音与后鼻音之分，未深考证。

陈君宠

陈君宠，字简之，湖南新化人。明万历中湖广乡试第一，官四川罗川令，擢潼川知州，以清节著。张献忠攻克潼川，逼降不从，被幽禁于五显祠内，从容赋绝命诗，自经死。

被拘口占示受者二首

一

世局竟如此，吾身安所逃。
未能诛鼠辈，死亦等鸿毛。

二

俯仰惭天地，君亲恩两违。
吏民休我惜，已视死如归。

车以遵

车以遵,字孝则,徙字孝思,号劼人,一号劼园,湖南邵阳人,参政车大任子。尝取诸史论著,将献于朝,书未成而明亡。年八十三,以布衣终。著有《声香阁草》《高霞堂正续集》《邵乘胪句》《贝叶集》共百余卷。

双清亭

秋日旷何期,秋水宛如涤。
以我欲游心,耆年转幽激。
登临不厌高,亦量力与敌。
奇石砥奔流,日与空明击。
草草几亭台,理事关休戚。
去之三十年,避喧乃得寂。
当时箫鼓音,红妆凭槛觌[1]。
数见靡不鲜,情境各取适。
客星照江干,人似从大历。
纵观九疑眼,俯视独周历。
意欲起山川,丹铅为九锡[2]。
是日蔬茗间,微言亦可摘。
未夕散孤舟,绵邈声如滴。
余霞沾人衣,山郭明似的。
带此潺湲音,悠然在帷壁。

---

[1] 觌:相见。
[2] 九锡:传说古代帝王尊礼大臣所给的九种器物。

饮 酒

床头一壶酒，待我已经旬。
上能斟酌之，谓酒不如醇。
危矣毕吏部，悲哉刘伯伦[1]。
朝朝荷一锸，似是未忘身。

游 仙

大道天地生，负阴而抱阳。
上和复下降，冲玄合中央。
火龙匹朱鸟，逐逐虚空翔。
碧海立金阙，天台瑶草长。
淮南见王母，称孤寡不忘。
人生胎性浊，梨枣空芬芳。
谁知赤松子，即是张子房[2]。

七夕分咏

秋光如小叶，野色自相沾。
秃树危栖鹊，深潭薄写蟾。
云扶将老石，风落欲欹檐。
今夕云何夕，天河人卷帘。

---

[1] 刘伯伦：即刘伶，魏晋名士，"竹林七贤"之一。有"刘伶醉酒"的典故。

[2] "谁知"两句：赤松子，传说中的仙人。《史记·留侯世家》："愿弃人间事，欲从赤松子游耳。"留侯，即张良，字子房。汉高祖谋臣，高祖登基，张良隐退。

舟　夜

空水何知泛，芦灯覆雨多。
渔能寻一岸，山不落前波。
只我梨云梦，其谁子夜歌。
篷窗声不小，人忆泊湘罗。

江上歌声

江上歌声逐水流，枕边留得小梁州。
即今不哭何当笑，纵复才闻我欲愁。
昨夜尚喧巫峡雨，何年张乐洞庭秋。
数峰可见人难见，莫是青凫与白鸥[1]。

秋霖接续吟

一

欲将三日醉，已过一旬醒。
老看花如雾，人疑客作星。
戍楼长夜紫，江郭抱峰青。
不共苏门啸，何如半岭听。

二

雨在江头望，能来势不遥，
似凭风跋扈，屡河寺昏朝。
百雉稿秋草，何重寄苇萧。
向西明未撒，莫指蟛蜞消。

---

[1] 凫：野鸭。白鸥：海鸥。青凫白鸥喻难于相见。

十月桃花

浪说天台树树霞,也应不及武陵家。
春来怕赚渔人入,霜雪枝头有数花。

旧　游

行吟无复向江干,便远朱明赤玉坛。
一自悲流填陆海,逢人多唤老南蛮。

邓祥麟

邓祥麟，字玉书，一字子与，号鹿崖，湖南武冈人。官岷藩（今属四川）长史。工诗善画，书法绝类二王。明亡后，结庐新宁之石田鹅峰山下数十年。

挽一念和尚有序

和尚出金陵之上元，世承指挥使。中年以甲申之变，祝发南岳，卜栖新宁放生阁近三十载。余得为世外诗酒之交，亦将二十年。短发萧萧，手眼高脱，而兴之豪爽旷达，直欲冰块湖山，一粟世界。当路甚器之，似不可多见者。有诗二集，刚谋寿梓，于庚戌（1670年）忽圆寂于本阁之方丈，年七十有五。禅室之香灯无恙，而余去此老友矣。因为诗以哭之，付其门人性润、性受、性定，勒为一卷遇名公巨卿，骚人墨士，或赋诗，或赞铭，润等三人当顶礼以征求之，并刻所遗诗集为千秋净业。和尚虽死犹生也。余弁言于首者，盖瓦缶先投，以代珠玉之意。卷成，即付住持藏之本阁，什袭以珍。众等若挟为杖头游具，则有罚。

一

相逢廿载不言家，颇道乡园近雨花。
老向金城常卖药，闲依石鼎独烹茶。
窗棂尚放江光入，几榻犹邀竹影遮。
满室香灯归幻寂，春风一塔绕啼鸦。

二

自称萍秃过夫彝，世外禅心结故知。
拉饮惯香参术酒，拈题多逸水云诗。
身悬一衲开金碧，手握三车任指麾。
几度夜深同不寐，莲花潭上月明时。

月夜礼和尚塔[1]

平生君爱竹，塔在竹阴中。
冷泊枝枝月，闲敲个个风。
可能移酒瓮，何处觅诗筒。
指爪留泥雪，鸿飞想亦同[2]。

冬日游温泉洞和石壁原韵

鬼斧凿云根，空灵妙音吞。
冰花镂石榻，霜叶绣崖门。
秦汉烟霞气，嘉隆笔墨痕[3]。
洞天堪日月，酬唱到黄昏。

游双清亭

二分水流绕碧山，孤亭坐对六亭闲。
掌握怪石披云褶，眼洗空江抱月湾。
修竹入筵环佩绿，老松横槛羽衣斑。
何人物色昭陵胜[4]，谢句惊人满座寒。

---

[1] 和尚塔：疑为一念和尚塔。
[2] "指爪"二句：即鸿爪雪泥，比喻往事留下的痕迹。
[3] 嘉隆：指嘉靖、隆庆，明世宗和穆宗的年号。指洞内题字多是嘉靖和隆庆时的墨迹。
[4] 昭陵：唐太宗李世民与文德皇后长孙氏的合葬墓，在陕西咸阳市礼泉县城西北九嵕山上。

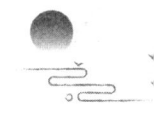

车鼎黄

车鼎黄，字理中，号匪莪，湖南邵阳人。明崇祯十五年（1642年）副榜，明亡后隐居不出。著有《还雅堂文集》。

六十自寿诗

已甘贫病苦为生，谁复营营理俗情。
数甲人谁疑绛老，添丁窃幸比徐卿。
三秋爽气山如画，七月豳风诗现成。
迟我十年如健在，卧游亦学赵州行。

双清亭次彭禹峰廉镇韵[1]

高听吸月漫称觞，不为胡床恩阮郎[2]。
壁峭倚阑惊地尽，句奇搔首问天荒。
韩陵碑老珍孤石[3]，秋色香无憾海棠。
此日鹤闻聊二美，他年雁字渡三湘。
双清阁上醉飞觞，记得驱车入夜郎。
异国谁人怜白首，此身何事独南荒。
往来争似衡阳雁，剪伐空惭召伯棠。
又作昆明池上客，好裁别赋寄潇湘。

---

[1] 作者自注：时亭畔海棠盛开。
[2] 恩：惊动、打扰。阮郎：阮籍。
[3] 作者自注：时量移滇皋。

张文解

张文解，字元白，湖南新化人。生平事迹不详，《县志》称其好学深思，文行超卓。贫居萧瑟，而襟期浩荡。诗选自《沅湘耆旧集》。

云 山

云山云未收，山云半冥漠。
兹晨云尽开，山山秋景爚[1]。
我逐晴光上，峰影乱飞跃。
如泛洞庭秋，风涌波涛恶。
时复一回翔，静思山初作。
颢气竦高寒，偶尔低昂各。
俄焉凌绝顶，心目又纷若。
但见四山青，不闻水一勺。
绵邈黄畴间，点点为村落。
万叠欲成围，以此逊衡霍。

秋日登望云山[2]

山北移文不到侬，登临此日许孤筇。
欲看空翠无穷处，已踏崚嶒第一峰[3]。
岳色分明开眼界，峒云浩渺荡心胸。
仙都不改秦时旧，久向卢侯叩隐踪。

---

[1] 爚：火光、明亮。
[2] 望云山：在隆回县境，主峰海拔1492米，顶峰有天门寺、石佛寺、石壁铁瓦，颇为壮观。望云山，与前诗"云山"同义。
[3] 崚嶒：高峻重叠貌。

王嗣乾

王嗣乾，字稚潜，明末清初在世，湖南邵阳人。南明隆武二年（1646年）举人，旋弃去。著有《黄雪园集》。常与潘章辰、车孝思、郭幼隗等前朝遗老谈诗论文。

过白塔新庵

江岸迷初径，平沙经涨厚。
两水界城市[1]，数峰列户牖。
如对话前生，壮颜皆衰丑。
只愁妨静禅，船舷戛左右。
万木斩伐尽，松柏如失友。
不无呵护存，留此表林薮。
悲感兴众愿，消歇安忍久。
鱼磬六时声，过者一回首。
云卧先秋寒，秋况露白后。

五台庵同刘澹山茗话候月，示山樗和尚

寒烟暝远岫，积水映空林。
不共今宵话，难消隔岁心。
月迟人未静，僧定夜初深。
莫以安禅故，绳床谢苦吟。

---

[1] 两水：资江、邵水。

仙泉井

穷巷隔轮蹄，山川顿幽异。
云泉何所分，竹木森位置。
为园临江干，取径绕僧地。
反似兼有之，随意过香积。
涓涓月明中，清夜迥听视。
一盏入肺肠，微风泠然至。
至今不辨处，仿佛犹堪记。
汲者日几人，谁知询往事。

同钱开少、车孝思、郭幼隗诸君游白云崖

同来五六人，携兴恣吟眺。
攀跻有时疲，轻疾羡猿鸟。
闻有挂崖藤，与石相缭绕。
剪伐憾庸僧，龙蛇失夭矫。
一时存口诵，吟赏出意表。
片碑觅旧处，幽映但萝蔦[1]。
不知已绝顶，平临看木杪。
眼黄豁然开，予怀兹浩渺。

---

[1] 萝蔦：即蔦萝，草名。

戊子溃兵之变[1]，焚掠甚惨 舒若讷赴其尊人慎吾丈于火并罹于难，诗以哭之

一门尽忠孝，流叹咽山泉。
此世自难住，为生返可怜[2]。
亲恩同佛报，国难岂家全？
火宅作何视[3]，夜台已渺然。
须眉余古照，气烈上秋烟。
事似悲前史，难为儿女传。

东山书院访车香涵

佳日逢幽侣，笑谈风雅存。
瓯香先谷雨，幔卷入春暾[4]。
山水静通梦，烟花飞到门。
小舟时可唤，白社引清言。

九日送潘章辰梦白归武冈

登高已自谢才名，诗卷相看气渐平。
乍笑须眉同洛社，且忘风雨在彭城。
河山漫送群公泪，丝竹难陶晚岁情。
世事未堪容久住，各携叹息返柴荆。

---

[1] 戊子：1648 年，南明永历二年。溃兵之变，似指南明败兵作乱。
[2] 返：反字误。
[3] 火宅：佛家比喻烦恼的俗界。言人有情爱纠缠，如居火炕之中，故名。邓显鹤按：若讷名心忠。两浙转运使有翼子。转运卒于溃兵之变，若讷殉焉。
[4] 暾：初升的太阳。

王嗣翰

　　王嗣翰，字侍臣，王嗣乾兄，湖南邵阳人，明末清初在世。幼从父尚贤官苏州，结识海内名流。著有《六生亭草》《延喜堂集》《石崖研庄》诸稿，并辑选《古今诗文集》。

避兵西岭[1]

戎衣忍作数年残，卷迹云中笑鹖冠[2]。
寇至翻能随地隐，兵来殊苦置身难。
草堂仍借溪声住，落叶曾同秋色看。
不尽伤心桥上立，重穿崖雪领高寒。

枫岭隐居

小筑频年住水涯[3]，环山又认是吾家。
非缘好事开幽径，偶引余情拾落花。
未毁琴书消岁月，无多须发老烟霞。
岭云伴我如相得，漫学东门日种瓜。

---

[1] 作者原注："袁、王两镇焚杀之惨，自冬至夏，从来官兵之虐莫苦于此。""袁、王两镇"应指南明残部。
[2] 鹖冠：以鹖羽为饰之冠，汉代武官之冠。
[3] 小筑：小房子。

陈宝箴

陈宝箴，字靖宸，明末清初湖南邵阳人，诸生。有俊才，性疏放。著有《蓬转集》。

资江夜泛

暝色初迷郭，江头正泛舟。
凉飙起芦荻，远火出汀洲。
征雁宵争度，残萤水共流。
愁心不可尽，前路尚悠悠。

刘春莱

刘春莱，字芝侣，明末清初湖南武冈人，诸生。性癖懒，不乐见贵人。有当路（当权者）欲物色之，逼见于麟趾阁，芝侣跳而避，竟跛。时人呼为跛仙。

云外钟声

修不从闻思，钟亦遗人籁。
声仍在云中，听将落云外。

仙桥横汉

不见凌空仙，攀行樵牧子。
跨向万峰巅，渡云不渡水。

石群足迹

何时曳杖游，遗履黄盈尺。
仙跨石如云，亦践云如石。

晏际盛

晏际盛,字湘芷,一字湘君,湖南新化人,崇祯时廪膳生。性孤傲,好诗文。

学宫修复落成感而有作

丧乱以来学宫鞠为茂草,今邑令于云宾、学师周苍涛两君协力修复,落成之际感而有作[1]。

    吾道久寂寞,斯文或在兹。
    有梅称古邑,是庙俨先师。
    兵燹摧城郭,风霜薄席帷。
    经营劳惨淡,指顾失嶔巇。
    意自为心匠,孤能破众疑。
    神明还旧观,矩矱仰前规。
    文物王侯备,威仪里巷知。
    诸生争致鲁,逸老渐归夷。
    松桧霜凝后,钟镛响静时。
    望洋空伫立,呜咽赋新诗。

石 舟

    垂杨一系故园秋,藏壑深深水自流。
    风雨拍天看欲动,有人解缆泛沧州。

---

[1] 作者自注:"于名肖龙,内乡人。"

邹 蒙

邹蒙，字汝正，湖南新化人。明万历十三年（1585年）举人。著有《育斋诗集》，邵阳人参政车大任为之序。

和林邑侯举行乡射礼即次元韵[1]

古道曾行泗水隈，何图雅化到吾梅。
知君久负穿杨手，多士应悬入彀材[2]。
时会六弢飞白羽，阄分三箭靖黄埃。
岂徒礼乐风岩邑，要使边民负弩来[3]。

友人邀游文仙山感而有作[4]

几见归田薄宦情，那知避谷学丹成。
岩花竟日向人笑，石竹终年拂榻清。
云护洞门深窈窕，雨余荒陇自耘耕。
义熙甲子何须问，争识高平长啸情。

---

[1] 乡射礼：古时以射选士，其制有二：一为州长于春秋雨季节以礼会民，射于州之学校；二为乡大夫三年大比，献贤能之书于王，行乡射之礼。射礼前皆先行乡饮酒礼。此指第二种；近代人和朋友诗称原韵，古时和御制诗则曰元韵。
[2] 彀：张满弓弩。此指射手。
[3] 作者自注：时宁夏方用兵。
[4] 文仙山：在邵阳市邵东县仙槎桥镇，山上有庙宇。

王尚贤

王尚贤，字思履，湖南邵阳人。明万历二十二年（1594年）举人，授福建将乐知县，再补苍梧（今属广西梧州），擢苏州同知。著有《菉园集》。

三渡水阁

三渡桥边水，悬崖一径通。
危阑飞瀑外，虚阁乱云中。
潭影澄秋月，钟声落晚风。
野游无可语，独立看归鸿。

再过邵阳示友

天涯行脚一孤僧，屈指江湖信几朋。
乱绕白云千补衲，横挑明月万年藤。
朝餐烟市谁家饭，夜宿虚堂何处灯。
选胜场中题目旧，心空及第是同登。

释无涯

  释无涯,无涯为其字,武冈人,不知何姓。始入庐山二十年,明万历中至京师,以戒律闻。赐紫衣归武冈,静修二十年坐化。

悟道偈[1]

适性因求静,无怀谢是非。
大都日用事,俱在目前机。
云月常相与,溪山足指归。
八风吹不动[2],真宰本无依。

云山即事

寂寥清旷住云山,冷淡柴扉不用关。
雪月有光寄碧落,藤萝无意待缘攀。
轻移磊磊前基石,改筑平平旧路湾。
多事自知随觑破[3],且消大懒遣幽闲。

---

[1] 偈:梵语"偈陀"的略称。义为颂,佛家唱词,以四句合为一偈。
[2] 八风:八面之风。
[3] 觑:窥探、窥视,此指看。

湖山隐者

湖山隐者，不知何处人。其《泊沅江》诗录自邓显鹤所编《沅湘耆旧集》。

泊沅江

尽日风帆计水程，今宵载月泊江城。
相惊烟柳秋争瘦，得领霜柑味乍清。
野砌虫音参永夜，寒衿鼻息拗荒更。
波经八百频羁旅，表记佳湖白芷名。

钟 惺

钟惺,字伯敬,号退谷,竟陵(今湖北天门)人。明万历进士,官至福建提学佥事。与谭元春同为竟陵派创始者。有《隐秀轩集》。

黔还至辰溪怀蔡敬夫监司既见赠诗二首[1]

一

去子不百里,我怀弥郁行[2]。
川陆莫适从,颠倒问舟车。
五载别何易,一日苦难需。
不知此五载,为心当何如?
行役过子部,心迹多所拘。
此时不怅然,明知有归途。
归途未即见,离绪剧于初。
万虑闲乃生[3],情事方崎岖。

二

去冬予家食,寄我早梅篇。
今天属残秋,乃在梅花前。
沅江多芙蓉,迟暮非其年。
芙蓉不肯后,梅花不肯先。

---

[1] 蔡敬夫:即蔡复一,字敬夫,一字元履,福建同安(今泉州同安县)人。万历进士,累擢兵部右侍郎,巡抚贵州,总督贵州云南湖广军务。万历四十二年(1614年),曾任辰沅兵备道驻沅州,后迁湖广参政分守湖北兼署兵备驻辰州(沅陵)。监司:监察州郡之官。
[2] 弥郁行:心中郁结不舒。曹植诗:"郁行将何念,亲爱在离居。"
[3] 万虑:一切思虑,指对荣辱得失的考虑。

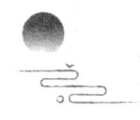

今子欲赠我，何枝可折焉？
每得君所寄，思理如云泉。
及兹获言笑，意满俱默然。
吾宁默相对，不愿寄云笺[1]。

---

[1] 云笺：指书信。

邓子龙

邓子龙，字武桥，号大千，别号虎冠道人，江西丰城人。明代名将，杰出的抗倭将领，军事家，民族英雄。万历初累功擢署都指挥佥事，掌浙江都司。征朝鲜时战死。万历中曾以参将镇压麻阳金道吕领导的苗民起义。在辰溪靖州均有题留。

登辰溪真武殿[1]

岩阁飞中磬，登高一振衣。
步看云散处，坐待月来时。
石引梅根瘦，江天雪水肥[2]。
乾坤皆幻境，随处可留题。

登飞山[3]

南来倚剑上岹峣[4]，满眼烽烟唑里消。
神器自知无鬼蜮[5]，嫖姚何处有天骄[6]。
岩飞瀑气扶深洞，风送钟声下远苗。
西望六百八十穴，我欲一扫归天朝。

---

[1] 真武殿：真武即玄武，北方七星之总称，后以为北方之神名，即道家所奉之真武帝。宋时避讳，改玄为真。真武殿即祀真武帝之殿宇。
[2] "江天"句：言沅江因融雪而涨水。
[3] 飞山：在靖州县城西五里，奇峰独耸，高矗云端，上有飞来峰，称南湘第一峰。万历十年（1582年）麻阳金道吕领导苗民起义，接着五开卫（今贵州开泰县）士兵胡若卢等起义，靖州、铜鼓、龙里等地苗民响应，飞山为其最后据点。
[4] 岹峣：山高峻貌。
[5] 鬼蜮：指暗中害人之物。此指苗民起义。
[6] 嫖姚：同"剽姚"，劲疾貌。汉卫青曾为剽姚校尉，此以卫青自喻。

邓启愚

邓启愚，字良知，号少谷，湖南溆浦人。明万历八年（1580年）进士，授处州推官，擢户部主事，转工部郎中，出守南阳，迁汝南副使，兼布政使参议，以老病乞归。寻起云南布政使，未赴，卒于乡。著有《两都草》《少谷诗稿》。

招屈亭

楚国孤臣恋旧游，楚天今古一亭幽。
徘徊正是销魂地，摇落堪悲何处秋。
夜雨常悬湘水恨，寒云不断武关愁。
謇予欲续离骚赋，岸芷汀兰惨未收。

卢峰怀古

鸟道猿声第几重，半天藜杖夕阳峰。
陶唐难起烟霞癖，荆楚时遗丘壑踪。
碧水一池秋浸月，绿萝千尺晓凌松。
莼鲈不待西风起，洗耳悬瓢尚可从。

鹤鸣山

别去此山久，到来尘梦稀。
鹤鸣如识客，云冷欲沾衣。
古径苔痕涩，寒天月影微。
何当嘶马去，重与紫芝违。

舒高昆

　　舒高昆，字昆山，湖南溆浦人。明万历二十二年（1594年）举人，官宿松知县，擢礼部主事，转员外郎，进郎中。杨嗣昌爱其才，推荐其督饷，与李自成部将罗汝才遇于剑州，战死，赠礼部侍郎。

剑州临难寄杨阁部文弱[1]

凭将肝胆报君亲，日尽穷途语亦辛。
相见黄泉惭孝子，垂名青史愧忠臣。
官无寸补难偷活，死有余辜忍化磷。
厉鬼倘真能杀贼，精魂仗汝定枫宸。

---

[1] 剑州：四川省北部曾经存在的一个行政区划，辖域以今剑阁县为主体，包括梓潼县、江油市东部等地。杨阁部：杨嗣昌。

舒自志

舒自志,字履初,湖南溆浦人,明万历十三年(1585年)举人,授武义令,调义乌,擢处州同知,分守海防,加佥事衔,以母老乞养归。李自成余部,牛万才掠县。履初率乡人保于乌龟寨,万才攻之,三年不克。履初卒于寨。

哭族父昆山殉难剑州

黄池鼎沸遍烽烟[1],叱驭崎岖命竟捐。
热血淋漓应化石,忠魂慷慨总归天。
枕戈纵有同袍客,报国空存正气篇。
妖祲弥空何日扫,西瞻剑阁泪潸然。

---

[1] 黄池:盗贼聚集的地方,此指农民起义。

阙士奇

阙士奇，字褐公，湖南桃源人。明崇祯七年（1634年）进士，官福建南安知县，不数月，丁内艰归，遂绝仕进。著作甚丰。

钟鼓洞[1]

碧嶂青天石壁悬，游人攀陟此摩肩。
洞寒未闭千年室，山裂俄开一线天。
烟落烟升城市事，声生声灭钟鼓缘。
此中石髓应无算，疑是嵇康山树巅。

---

[1] 钟鼓洞在辰溪县城对岸大酉山中。作者自注："洞见城市"。

熊鸣渭

熊鸣渭,湖南会同人,明崇祯时贡生,官广东化州知州。

莲花洞[1]

路自寒潭入,门从绝壁悬。
乾坤余一窍,楼阁隐诸天。
石吐莲花秀,风翻贝叶翩。
坐来尘思息,何用更参禅。

---

[1] 莲花洞:在会同县城近郊。

唐文绚

　　唐文绚,湖南会同人,明崇祯时贡生,官四川奉节知县,迁夔州知府。

莲花洞

北郭莲花瓣,生成鹫岭前。
如何清静种,化作石崖坚。
洞启藏书地,溪流洗耳泉。
无庸滋灌溉,花发自年年。

尹三聘

尹三聘，字简在，号芙山，湖南安化人。明崇祯年间拔贡。桂王时，由给事中累官至兵部侍郎。曾随桂王走缅甸。明灭后为僧，不知所终。

雨夜晤金给事作[1]

一

荒江浊浪卷喧阗，此夕逢君夜雨连。
往日朱云曾折槛，别来苏晋已逃禅。
生涯草草愁无地，前事茫茫欲问天。
知尔浮踪烟水阔，桃花何处访渔船。

二

招魂杳杳托巫阳，披发人疑下大荒。
归雁遂沉湘浦月，哀猿遥警桂林霜。
频将大义酬知己，更有遗文吊国殇。
风雨声声今夜梦，海山高望正沧茫。

寄里中故人

黄冠欲归故里，白社谁寻旧盟。
愧矣仕君致死，悲哉赖佛逃生。

---

[1] 金给事：金堡，为给事中。作者自注："金给事时已为僧"。

米肇灏

米肇灏,字梁若,一字大程,湖南辰溪人。父米助国,明天启进士,官福建道监察御史。大程,崇祯时贡生,明亡后隐居辰溪思蒙(今伍家湾)之椒溪。

椒庄三首

一

茅屋清溪浅浅湾,如屏四面画高山。
松林不厌闲人坐,一人曾经几往还。

二

月明林静水淙淙,思到无聊起问松。
忽听一声山外鸟,悠悠清似夜来钟。

三

结舍依低阜,开窗露小天。
群松环户牖,一径入荒烟。
草长能辞客,虫吟足知年。
尘心何处着,就石听飞泉。

米元倜

米元倜，字吉人，湖南辰溪人，米助国孙，肇灏侄。明末举人，隐于辰溪罗子山下之蒲溪。著有《罗峰文集》三卷，诗集十卷，诗余二卷。学者称罗峰先生。

书　感

林表暑色开，群鸟风中作。
吾亦感时节，默默坐高阁。
欲读古人书，所托徒糟粕。
客至或笑言，只得须臾乐。
以此尚踌躇，顾景已非昨。
东方既玩世[1]，彭泽爱独酌[2]。
二途既不同，我生何所着。
吁嗟贤达事，方寸殷寥廓。

登罗公山[3]

直山白云第几重，纷纷晓雾湿孤松。
自知不是神仙侣，空坐罗公九十峰。

---

[1] 东方：东方朔，西汉文学家，性格诙谐，言词敏捷，滑稽多智，曾在汉武帝前谈笑取乐，陈强国之计，皇帝始终把他当俳优看待，因此东方朔就有点玩世不恭。
[2] 彭泽：陶渊明，曾做过几个月彭泽县令。
[3] 罗公山：即罗子山。米元倜隐居罗子山下之蒲溪。

溆浦道中

城是何时破，村怜几处存。
荒蹊春雨冷，旧院野花繁。
白骨经霜雪，乌鸦长子孙[1]。
故乡戎马遍，对此哭黄昏。

登小横山[2]

孑然立一山，空中见标格。
乘危行已竟，岩径去还窄。
峰高石骨瘦，天近云光迫。
终古无春来[3]，千年树一尺。
孤云独何心，白日淡将夕。
惴焉戒垂堂，浩歌聊自适。

雨后书兴

雨过云初歇，春深物正华。
忘年甘老病，随意问莺花。
拄杖何时出，余粮随处家。
只愁烽火近，难种故园瓜。

---

[1] "白骨"二句：说在战乱中死去的人，几个月无人收尸，白骨暴露在雪地里，乌鸦因为吃了死人的肉而生下了许多子孙。这是战乱后的惨状。
[2] 小横山：指小横垅一面的罗子山。
[3] "终古"句：因为山高风大，自古以来就没有春天，山上的树经过千百年，也只有一尺高。

界止亭

步急方思息,闲亭倚石城。
怕来高处望,忽使远愁生。
柳气催溪绿,松光扫路明。
为留欲去侣,共对万峰晴。

罗峰草堂杂咏

(七首选五)

一

土硗锄锐[1],用力大难。
烈日暴背,汗流漫漫。
人生四体,岂不求安?
衣食所出,孰能暂宽?
翩翩公子,驰马林端。
挟弓弹雀,顾以为欢。

二

月出林间,照我屋壁。
倚门远眺,青天如涤;
草露遥遥,山石历历。
秋阴感人,中心怵惕[2]。
呼妻具酒,暂罢纺绩;
虾蟹盈盈,枣粟兼锡[3]。

---

[1] 硗:土地坚硬。
[2] 怵惕:悲伤忧惧。
[3] 锡:同"赐"。此作有解。

对影持杯，爱惜涓滴。

三

日中如火，土焦气浑。
牛热心急，屡策屡蹲，
放犁不及，望溪而奔。
我亦暂暇，箕踞树根。
凉风自北，草色南翻。
孤云高飞，萧然远村。

四

田水日干，溪流日息。
计亩分灌，古有成则。
枕石席茅，夜眠堤侧。
虎豹群嚎，欲畏不得。
仰视明星，灿烂一色。
雨何可期，嗟我稼穑。

五

高田薄收，忧食不给。
苍岩励荒[1]，思补残粒。
地即倾斜，足常侧立。
步随锄移，不可缓急。
饥来思归，日犹未入。
路狭草深，风露早湿。

---

[1] 励荒：开垦荒地。

游东山长隐寺

昨日扁舟江上暮,今日麻鞋山中路。
往来寂寞山水间,惟有秋风随我渡。
一峰初见一峰云,一峰行尽一峰分。
三十六峰知几重,插天盘地连氤氲。
朝畎渐渐吐平田,白云片片飞上天。
却惊野寺幽人卧,松顶开门声满山。
清泉时带残霜煮,茶香山林散禾黍。
尽扫石床留客眠,风吹松雨湿庭宇。

铁溪即事[1]

芦花浦口白沙明,转入清溪曲处行。
竹里逢人先问路,洞边采药即闻笙。
一潭绿水幽无已,百亩秋田望欲平。
倦倚长林聊歇杖,依稀雁叫两三声。

---

[1] 铁溪:在辰溪县城东约三十里处。

刘应祁

刘应祁，字澹山，湖南邵阳人，清顺治朝贡生。父孔晖，明崇祯时官新郑（今属河南郑州市下辖县级市）知县。李自成陷新郑，殉城死。澹山以父殉难，母早逝，终身哀痛。与车孝思、蒋弥少、王稚潜、唐袖石、舒若讷等修郡志。

浮云石访超宗禅师

负约何年始到山，峰回径转便开颜。
知师不是人天至，笑我犹从泉石攀。
指示林崖疑幻境，遥听鸡犬半人间。
急随杖履云边立，漫道安禅此日闲。

访陈伯时石人江上，次车与三太史韵[1]

闲看轻舟逐浪头，初春草木尚同秋。
连朝霞隐群峰暗，静夜涛惊乱水流。
题石正思黄鲁直[2]，登高莫讶白江州[3]。
我来偶伴青灯影，频坐元龙百尺楼[4]。

---

[1] 车与三：车万育，字与三。
[2] 黄鲁直：黄庭坚，字鲁直。
[3] 白江州：白居易，曾为江州司马，《琵琶行》有"座中泣下谁最多，江州司马青衫湿"。
[4] 元龙百尺楼：元龙即陈登。许汜遭战乱，去见陈登，陈登没有招待客人的意思，很久不与许汜说话。他自己睡大床，让许汜睡下床。许汜在刘备面前发牢骚。刘备说："你有国士的名声，今天下大乱，帝主不能执政，希望你忧国忘家，有点救世的念头。你整天忙着求购田土，询问房产价格，是元龙所忌讳的。他凭什么与你说话？如果是我，我会自己睡在百尺楼上，让你睡地板，怎么会只是上下床之间呀？"

哭车孝思先生

萤囊家学旧词坛，遗草岂同封禅看。
把臂竟陵齐树帜[1]，追踪工部老挥翰[2]。
久闻元亮称征士[3]，早见逢萌易挂冠[4]。
摇落真难遗一老，泽湘谁为挽狂澜。

---

[1] 把臂竟陵：竟陵派，又称钟谭派，明代后期的文学流派，其主要人物钟惺、谭元春都是竟陵（今湖北公安）人，故称竟陵派。此指车孝思的文章风格与竟陵派接近。
[2] "追踪"句：说车孝思的诗歌风格与杜甫（杜工部）相似。杜甫曾在剑南节度府任参谋，加检校工部员外郎。
[3] 元亮：晋陶渊明，字元亮。
[4] 逢萌：西汉末东汉初在世，素明阴阳，知莽将败，有顷，乃首戴瓦盎，哭于市曰："新乎，新乎！"因遂潜藏。光武帝即位，累招不至。

王士祯

　　王士祯，字子真，一字贻上，号阮亭，别号渔洋山人。清顺治进士，由扬州司理累官刑部尚书。工诗，与朱彝尊并称"朱王"。著有《带经堂集》《渔洋诗文集》《精华录》《精华录训纂》等。

武溪水[1]

南纪标铜柱[2]，滔滔万里征。
我穷伏波道，重和武溪行。
斜日闻吹笛，谁为辕寄生？
因思少游语[3]，回首不胜情。

---

[1] 武溪：指沅水，见马援《武溪深行》注[1]。

[2] 南纪：南方。语出《诗经》"滔滔江汉，南国之纪。"《疏》："喻江汉之国，能相纪理，故喻吴楚矣。"后因谓南方为南纪。铜柱：指马援征交趾立铜柱事。

[3] 马少游：马援的从弟。尝谓马援曰："人生一世，但取衣食裁足，乘下泽车，御款段马，乡里称善人，斯可矣。"

曾文贯

曾文贯,字子鲁,湖南安化人,清顺治朝贡生,官东安训导。

秋日过石城桥

一带幽栖剩几家,晴岚晚弄夕阳遮。
坐间谈笑衣裳古,醉后支吾秦汉遐。
凉月在天清不寐,寒蝉抱树静无哗。
年年愁愧主人意,投辖于今兴尚赊。

蒋大年

蒋大年,字弥少,湖南邵阳人,清顺治朝贡生。曾与车孝思等修郡志。其经历无考。诗选自《资江耆旧集》。

资江酬友

敢将风雨怨途泥,山色遥怜望里迷。
放艇烟花同泛泛,怀人池草但萋萋。
怪从北地来鸿翩,肯为东风逐马蹄。
楚泽由来悲滞客,浮云不散万峰西。

余子锦

余子锦，字陶石，湖南辰溪人，清顺治朝贡生。有《敬志堂文集》《敬志堂诗集》。《辰州府志》云："陶石与米元倜、刘恂、刘泽长称辰溪四才子。"又称其古文清峭，略近柳宗元。

鉴溪二洞诗[1]

洞无名，以其地名之。地之洞不一，以庵与亭别之。二洞皆列大道旁，竟不得一显于时。然则物之裕于中而歉于外，以孤高自尚者，宁第兹洞欤！为作鉴溪二诗。

鉴溪山水恶，山大水不清。
一泓极清者，入洞潜其名。
我来访远公，射窗飞水声。
初疑断水瀑，询之乃洞鸣。
舍闻以趋见，逶迤洞中行。
所隔几何许，山腰天削成。
石路苔不涩，未踬已先惊[2]。
崎岖将欲至，宏敞如相迎。
遥听水声外，仙人吹玉笙。
松影落洞碧，白石沙晶晶。
剔藓得古字，读之不能明。
洞天列仙籍，莫敢与之争。
岂伊一天地，乃与无名并。
信知无名氏，深閟以储精[3]。

---

[1] 鉴溪：今称干溪，在辰溪县田湾镇。溪上有巨洞通方田。
[2] 踬：跌倒。
[3] 閟：闭门。

行迈匪游观，信美出不意。
事有幸不幸，诚当安命义。
鉴溪路中亭，非可理烟翠。
适余坐其中，聊以当茏憩。
清风与之俱，石气倏而异。
岂料褦襶间[1]，奇境接造次。
偶尔瞩洞窟，骇然移睹视。
一折转堂皇，万怪积胸臆。
奇葩鲜可摘，怪石看欲坠。
隙日金玲珑，流云花妩媚。
置之水竹涯，性命不可易。
何为泯风尘，万古泥丸閟。
异带俟知音，吾愿为之记。

二月自县回路中作[2]

杖履转南行[3]，春花一路明。
过桥贪看水，辨树懒听莺。
空濛幽山色，微流清涧声。
农桑吾近学，叹息几人耕！

---

[1] 褦襶：遮阳斗笠。此喻洞穴。

[2] 县：辰溪县城。

[3] "杖履"句：说拄着拐杖，穿着麻鞋，往南行走。余子锦家住县城南三十里桐玉里，故曰南行。

沈可济

沈可济，字月上，武陵（今湖南常德）人，清顺治八年（1651年）举人，官沅陵教谕，著有《月山集》。其《峒中》七绝四首，似在吴三桂乱后弃官窜伏泸溪峒中所作。

峒 中

一

判解朝衫笑向西，曾无饘粥滑流匙。
沅江水涨蛟龙怒，却寄双鱼谁与携。

二

只合连床共卯君，不堪旅雁叫离群。
可怜孤影浑无定，泪尽南来几片云。

三

四十余年弟与昆，春荼秋荠共寒温[1]。
而今飘泊泸溪峒，双挽柴车何处村。

四

书剑飘零岭上村，黄梅暑雨送羁魂。
老妻检点囊羞涩，笑问邻家老瓦盆。

---

[1] 春荼秋荠：春荼，即春茶，茶古字做荼；荠，荠菜，叶鲜嫩可食。《诗经·谷风》："谁谓荼苦，其甘如荠。"

唐懋载

唐懋载，字袖石，湖南邵阳人，清顺治朝贡生。幼奇警，博洽工诗，有《绿声亭集》。

园中寄怀修郡乘诸君子[1]

团蕉篁影绿交沉，说是深藏尚未深。
神录有稽难信博，遂初无赋解栖寻。
离多始悔轻前晤，老到方思理夙心。
一自僧归听易彻，空山风雨向谁吟。

同友人采兰大云山[2]

竹香十里快幽行，庵席云阿傍厂平[3]。
妙悟采兰遭鼻使，深宵听雨觉泉争。
僧知眷客存山供，佛肯多男亦世情。
忆得隔年樱笋路，雨风依旧妒人清。

---

[1] 乘：春秋时晋史书名。此用与"史""志"同。
作者原注："诸君为车孝思、蒋弥少、舒若讷、王稚潜、刘澹山。"
[2] 大云山：位于邵东、衡阳、祁东三县交界处，为衡山山脉余脉。
[3] 厂：同"㕣"，山崖石穴。

向文焕

　　向文焕，字天章，号亦庵。湖南黔阳人。明末清初在世。著有《孤云亭集》。《沅州府志》称为名孝廉未著科分。《黔阳县志》称为甲午科，而不著年号。又云："由教职官贵州湄潭县令。"据张扶翼为其集作序云："亦庵投闲之日，在翼视黔之前二年。"扶翼在康熙元年（1662年）履黔阳令，任前二年即顺治十六年（1679年），据此，文焕为令，当在南明永历时。

唐维翰年丈招饮，坐中次韵酬之

相逢离乱后，不忍语初终[1]。
古道存今日，伊人犹素风。
渔樵怜我老，悲喜与君同。
既醉还相视，颓颜对菊丛。

游金斗山

买舟兼命酒，循水作山行。
春事有余媚，岸花无定名。
波澄窥乱石，草细缀残英。
不肯移舟去，依依山水情。

怡园秋兴

金粟香新瓮，餐英伴晚茶。
三湾流活水，一灶煮秋花。

---

[1] 初终：即初衷。

过辰溪谒朱明府[1]

杜宇声中梅子黄[2],布帆无恙渡沧浪[3]。
一溪柳丝溶溶泛,四月秧针处处忙。
衙退疏帘花影静,客来小院竹风凉。
仙即襟度如秋月,况复弦歌山水乡。

三月晦日,同张父母、江州刘柳民泛舟,饮香炉崖[4]

融融春尽日,更作春江游,
仙舫乘烟渡,苍崖依水求。
岩花留宿雨,石窦积寒流。
深作江云里,开樽尽劝酬。

雨后得月,有怀舫师

积雨沉秋色,清光今夕开。
茶烟依竹柏,衣露净莓苔。
凉夜多情思,幽人无俗怀。
遥知寄亭上,禅影独徘徊。

---

[1] 朱明府:古代对太守称明府,唐以后对县令亦称明府。朱明府,指康熙初辰溪知县朱同轨。
[2] 杜宇:杜鹃,又名子规。
[3] 沧浪:水名,即汉水,此指沅水。
[4] 张父母:指张扶翼。旧称县令为父母官。

久雨修菊,兼移赠张容园邑侯[1]

清晨起荷锄,褰裳过西垣。
朱夏苦积雨,霏霏连朝昏。
宛彼园中菊,青青叶正繁。
嘉生须好雨,雨多枝叶翻。
理秽疏泥滓,勿令淤其根。
植养一失宜,秋来花不蕃。
使君乐素修,谦谦道自敦。
诗书满清署,佳卉植庭轩。
名花虽不一,惟菊心所存。
殷勤移以赠,带雨寄名园。
城郭乃喧热,我居静如村。
俗琴相晤对,足以慰心魂。

柳　溪

溪色千重万重雨,柳丛一树两树烟。
游人坐爱不归去,樵笛数声悲远天。

同张邑侯沅江道上

雨过千山静,春溪带壑平。
霜蹄仄径稳,磴道习泉生。
冠盖追随近,烟花下上轻。
行行连暮色,前路趁余情。

---

[1] 张容园:张扶翼,时为黔阳县令。邑侯,县令。

胡统虞

　　胡统虞，字孝绪，明末武陵（今湖南常德）人，崇祯十六年（1643年）进士。潜心理学，通兵法。明亡，被执不屈。清顺治间充太宗文皇帝实录馆总裁官，晋礼部尚书，拜内阁秘书院大学士。著有《此庵语录》《兵法三家撮要》《明善堂集》。

夜宿辰溪[1]

一泓溪水碧，新月冷浸苔。
霜影寒如雪，枯肠瘦似梅。
故乡行渐远，鸟雀去还来。
仿佛家山意，时从好梦回。

---

[1] 宿：《清诗别裁集》作"渡"。

毛际可

　　毛际可，字会侯，号鹤舫，遂安（今浙江淳安）人。清顺治进士，授彰德府推官，改祥符令。著有《春秋三传考异》《松皋诗选》《会侯文钞》。

仙人沉香船[1]

仙人鼓棹空中举，飞上重岩斟桂醑[2]。
夜沉沈醉堕岩前，忘却仙舟在何处。
七尺寒玉凝紫脂[3]，沉香之号恐传疑。
波间似有蛟龙护，月落澄潭雾起时。
至今陈迹已千载，苔纹藓绣生幽彩。
行人日日见仙舟，仙舟日见行人改。
吁嗟乎！
化工奇谲何所无[4]，儒生鲜见徒惊呼。
君不见，
昔人凿井逢篙楫，年月犹书吴赤乌[5]。

---

[1] 沉香船：在泸溪县城东南二三十里沉江石壁上，又名箱子岩，壁上之岩穴中，为僰人之悬棺葬，土人误以棺材为箱子，古时文人误为仙槎或沉香船。船溪乡正因此得名。
[2] 桂醑：桂花美酒。醑，美酒。李白诗《送别》："惜别倾壶醑，临分赠马鞭。"
[3] 寒玉：玉质清凉，故称寒玉。多描写清凉雅洁的东西。
[4] 化工：造化之工，犹神工。
[5] 赤乌：三国吴国孙权的年号（238—251年）。

潘亮渊

潘亮渊，字敬么，号月山，湖南沅陵人，明末清初在世。万历时从唐九官学，古文近柳宗元、欧阳修。先居黔阳，后移居沅陵舒溪，年九十一而卒。

渔潭晚钓

一带烟霞曲，潭平艇不流。
天光映水白，山影共云浮。
月照一川静，渔歌两岸幽。
长年闲钓此，何事着羊裘[1]？

小酉山怀古

古洞菲菲挂碧萝，翠烟处处锁重阿。
穆王骏迹归何处，秦代幽人避益多。
室内书盈堪永岁，山头云白可长歌。
洞门今且深深闭，不问人间事若何！

---

[1] 羊裘：羊皮外衣。此指为官。

唐之正

唐之正,字先诚,号废庵,湖南沅陵人。明崇祯时贡生,明亡后,隐居沅陵北溶山中,尽去其发如僧,独与沈汝琳游。

小酉山晚眺

西山望处浓将淡,秋日凉深晴似阴。
巉石水清依荻渚[1],远天霞满落江心。
霜前断雁愁羁客[2],树外啼猿入暮岑。
一叶梧桐飘习习,斜阳犹自好披襟。

---

[1] 荻渚:长满芦苇的小洲。
[2] 羁客:长期寄居他乡的人。

马上彦

马上彦，字圣先，明末清初沅陵人。吴三桂乱，奔走滇黔间。后督抚委署三泊县令，未久弃归，隐居沅陵白田乡。

北河行 [1]

石径荒凉过短岑，林间花鸟亦知心。
登高欲与穹天近，入谷方知大地深。
滴滴瀑来晴似雨，层层云绕晓犹阴。
前征问有谁相伴，一味兰开香满襟。

---

[1] 北河：酉水的别称，又名白河，发源于重庆酉阳，从沅陵城南入沅水。

高应雷

高应雷,字五华,云南人,明崇祯末以谗去职,浪游至溆浦讲学于观音阁。

紫荆山[1]

白云山气苍,山苍日光紫。
上下数千尺,风烟水中起。
木蔚浓春阴,石花绣红蕊。
茸茸碧台间,游鹿纷如蚁。
鹤寝千岁松,猕猿拾松子。
乍接梅城天,忽送辰江水。
遥望大壑东,恍惚灵岩址。
行者惮高回,庸僧潜栖徒。
我与跻其巅,酒榻浮云舣。
谛问菩提金,云何结山髓。

---

[1] 紫荆山:在溆浦县城东六十里,东与新华县交界。

王鳞次

王鳞次，字云奉，湖南沅陵人，明末举人，明亡后僻居柳林岔四十年。著有《云树山房集》。

舟过辛女岩有感[1]

扁舟江上载愁多，幻出奇踪映水波。
两岸巉岩惊怪石，一溪荒径蔓仙萝。
碧潭澈底鱼偏适，苍翠凌空雁独过。
停棹那寻沽酒处，携来明月且高歌。

---

[1] 辛女岩：传说高辛氏女随盘瓠至五溪，后化为石，名辛女岩，在泸溪与辰溪交界处沅水岸边。

黄与坚

黄与坚，字庭表，清江南太仓（今属江苏）人。顺治十六年（1659年）进士，康熙十八（1679年）召试博学鸿辞，官詹事府赞善。著有《忍庵诗集》。

辰龙关

郁盘鸟道中[1]，忽睹巉岩削。
双耸若天门，神工斧斤凿；
攒刺剑戟横，摩厉成锋锷。
清冥杳无垠[2]，怪雨从空落。
一经折霄光，绝壁尽倒却。
千仞蹙孤危[3]，不敢栖猿玃[4]。
攀跻坂益欹[5]，数武困行脚[6]。
嗤彼铜马余[7]，持铩倚木阁[8]。
狼窜崄一隅，俄就官军缚。
于今走轻车，亭午气颓索[9]。

---

[1] 郁盘：说在羊肠小道上转来转去，好像还在原地一样。郁，滞留。盘，盘旋。
[2] 清冥：清澈的潭水。李白《梦游天姥吟留别》诗："青冥浩荡不见底，渌水荡漾清猿啼。"
[3] 蹙：忧愁。
[4] 玃：大母猴，此指猴类。
[5] 跻：攀登。坂：同"阪"，山坡，斜坡。
[6] 数武：数步。武，足迹，此指步。行脚：僧人。僧人游行十方，称行脚。
[7] 铜马：西汉末年农民起义队伍。此指拦路打劫者。
[8] 铩：古代的一种长矛。
[9] 亭午：中午。颓索：下降而散开。

白日景薮亏[1]，一步一狞恶。
瞬息度层关，须鬓恐非昨。

---

[1] 薮亏：半亏。薮，容量词。《小尔雅》："釜二有半谓之薮。"

彭而述

彭而述，字子篯，号禹峰，河南邓州人。明崇祯十三年（1640年）进士，官河北曲阳县令。清顺治初，任两湖提学佥事，守永州道，后为贵州巡抚。后告老还乡专心著述。有《明史断略》《滇黔集》《读史亭诗集》《读史亭文集》等。

登飞山二首

顺治戊子（1648年）抚黔之役，大战靖州城下。庚子（1660年）夏，自楚入滇，同高将军（靖州副将高翰）登飞山，不胜今昔之感。为作此诗。辛丑（1661年）复自滇入粤，因捡箧中，烦州守梁君为刻石。梁君韵人，暇时能携酒飞山追和，我幸附之。

一

孤筇此日蹑飞山[1]，脚底芙蓉霄汉间。
偏霸宣称百越长，奇峰直下五溪蛮。
佛前萤火山猿啼，树里钟声老衲还。
回首沙场雄剑在，川原依旧鬓毛斑。

二

蹑来万里事征鞍，听得风雷两鬓残。
此日飞山仍不改，十年梦里几回看。
粟藏土窖谷形在，客入榼寮雨气寒[2]。
闻声滇黔戈未息，可能待我复登坛。

---

[1] 孤筇：一个人拄着竹杖。筇，竹名，实心而长节，可作杖。
[2] 榼寮：用柴草搭成的住所。

戊子、辛丑两过会同二首[1]

一

众山稠叠著荒亭[2],铁甲征袍战血腥。
此日何能忘钜鹿,当年每自感流萍。
川原无恙人偏老,城郭空存树更青。
髀肉蹉跎成浩叹[3],不堪重对旧居停。

二

孤城夜半响铜谯[4],带月连云过板桥。
井鼍难忘驻马抵[5],旌旗只在此山腰。
西游如对鸿中雪,旧路真同鹿里焦。
天诏归来还五岭,复将往事问龙标。

---

[1] 戊子、辛丑:分别指1648年和1661年。
[2] 稠叠:同"重叠"。
[3] 髀肉:股部,大腿。髀肉,大腿肉。因连年征战,骑马奔跑,所以大腿上的肉都瘦了。因而浩叹。
[4] 响铜谯:谯楼(城门上的望楼)上报时、报警的钟声响了。
[5] 井鼍:鼍入井中,无法施展。鼍,扬子鳄,又名猪婆龙。

米元偲

米元偲,清初湖南辰溪人,米元佩弟。诗选自《辰溪县志》。

登罗子山

朝晖冉冉映山扉,眼底空濛天四围[1]。
峰峻愁扶游客杖,云留常护野人衣。
一钩远水分还合,几缕炊烟淡欲微。
料得谷神高隐贯[2],临风独啸和应稀。

---

[1] 空濛:雨气,此指雾。
[2] 谷神:老子形容"道"的称呼。《老子》:"谷神不死。"此指隐居者。

米元俊

米元俊，湖南辰溪人，清初在世。明御史米助国孙，米元侗弟，生平事迹不详，其诗选自《辰溪县志》。

秋日重过椒溪[1]

眼阔人踪少，荒深兽迹稠。
路残苔隐约，溪浅石沉浮。
有日山皆冷，无风水自秋。
旧时松竹在，暮雀绕枝头。

---

[1] 椒溪：地名，即椒坪溪，在辰溪县城东北七十里处，为元俊父米肇灏隐居处。其地谷深林密，气温较低。

佘 模

佘模，字范九，清湖南沅陵人。雍正十三年（1735年）为石埭（今属安徽）知县。

秋行酉溪

碧天云洗净，潭水镜同明。
荇藻浮残绿，游鱼漾晚晴。
山容秋后瘦，蝉语暮来清。
逸兴悠然远，还深万古情。

春步辰山[1]

久逐风尘客，初还景物新。
老农耕嫩绿，众鸟唤重茵。
未历他乡苦，安知故国春？
晚来牛背笛，偏爱远归人。

重登凤凰山

昔年曾步此山巅，不到山来已五年。
行处乍闻新梵宇，望中还见旧风烟。
别来心绪谁能识？重过诗词只自镌。
花重柳繁春事暮，莺声啼老艳阳天。

---

[1] 辰山：即客山，在沅陵县城东南十里。

望明月峰 [1]

挂席桃源路 [2]，孤峰出众山。
虹桥通涧外，鸟道绕云间。
法静鱼龙卧，机忘猿鸟闲。
月明尘不到，何日共君攀。

---

[1] 明月峰：明月山，在沅陵县麻伊洑沅江施鱼滩畔。
[2] 挂席：犹张帆。

向春藻

向春藻,湖南溆浦人,清顺治十八年(1661年)恩贡。生平事迹不详。诗选自《溆浦县志》。

莲花洞避暑[1]

何处堪消暑,莲花洞里游。
川流天地迥,水积古今浮。
憩久能辞夏,凉生早得秋。
归途不觉晚,新月出山头。

---

[1] 莲花洞:在溆浦县大江口镇新田岭村。洞中石笋林立,怪石千姿百态,或如十八罗汉,或如鸟兽虫鱼,或如亭台楼阁,均玲珑剔透。现已着手开发。

何 璘

何璘，字华峰，复姓周，顺天宛平（今属北京）籍，江西新城（今属浙江富阳）人。清顺治乡举补内阁中书。乾隆三年（1738年）任辰州府同知，后调任宝庆府（今邵阳）理瑶同知，升四川嘉定知府，复任澧州（今澧县）知府。

虎溪书院[1]

虎溪在何处，磴道陟重巇[2]。
半院蕉阴老，三间瓦屋欹。
每伤吾道寂，尚爱古风遗。
沅芷仍频荐，天涯得我师[3]。

---

[1] 虎溪书院：又名阳明书院，在沅陵县城西虎溪山麓。
[2] 巇：危险，险峻。
[3] 我师：指王守仁。

车万育

车万育,字双亭,一字与三,号鹤田,湖南邵阳人。清康熙三年(1664年)进士,改庶吉士,散馆,授兵部给事中,晋兵科掌印,掌登闻鼓事。

怀园秋兴

爱与吾庐近,开扉步即舒。
傍云朝选石,趁月夜摊书。
深树鸣蝉处,高楼过雨初。
悲秋人已往,痛饮说三闾。

怡园秋兴

金粟香新瓮,餐英伴晚茶。
三湾流活水,一灶煮秋花。

春暮李郡伯招同诸公游桃花洞

晴郊初试马,亦似为春忙。
不及桃花发,犹余洞口香。
苔含昨夜雨,莺啭隔林篁。
到处吟应遍,诗逋未易偿[1]。

---

[1] 逋:拖欠。

哭仲兄只山[1]

泪向南云满，遥愁白帝猿。
琴存人已去，迹屈道弥敦。
永与世人别，宛然林壑存。
看花饮美酒，此意与谁论。
天长音信短，叹我远移根[2]。
白骨空相吊，青天若可扪。
两乡心已断，千载迹犹存。
念此杳如梦，哀哉难重陈。
吴山对楚岸，弟兄寒不知。
祖席留丹景[3]，吾家称白眉。
山将落日去，云绕画屏移。
泣尽继之血，烟萝欲瞑时。
昨夜狂风度，噫然大块吹。
鸡闻遑起舞，肠断为连枝。
野竹分青霭，疏杨挂绿丝。
炎凉几度改，应有四愁诗。

---

[1] 只山：作者之兄。
[2] 远移根：时吴三桂叛乱，湖南几陷落。万育至家，其父已卒。因奉继母及兄弟百余口同迁江宁，名其居曰怀园。故曰移根。
[3] 祖席：送别的宴席。

吴李芳

吴李芳，字茂孙，一字茂生，湖南邵阳人。清康熙三年（1664年）进士，官中书舍人，固原（今属宁夏）知州。

重登双清亭

卜居敞清幽，常作烟霞想。
嘉树与闲花，乃在石壁上。
古亭既已荒，结构从惝恍[1]。
一朝跻其巅，人意殊空朗。
二水胡然来[2]，澄潭停众响。
重以月照之，回互而沆漭[3]。
寒雨落孤城，对此失倜傥。
艇子如抱前，访戴从此徃。

中秋夜集次郡伯李公韵[4]

每从风雨祝新晴，兀坐城隅江水清。
半壁篝灯方黯黯，平台皎月自明明。
菰菱乍白蝉无语，橙橘才黄雁有声。
樽酒颇堪酬永夜，湖天漠漠故人情。

---

[1] 惝恍：模糊不清的样子。
[2] 胡然：忽然。
[3] 沆漭：水面广阔貌。
[4] 郡伯李公：即李姓知府。

唐时邻

　　唐时邻，字钦子，湖南邵阳人。清顺治朝贡生，官荆门州训导。有《云归草》《雪中吟》等集。潘章辰为之序。

和车孝思先生寄古灯和尚

　　高僧如韵士，未见欲开扉。
　　迟我溪三笑，移君锡一飞。
　　花须留菊看，人自食芝肥。
　　问道灯灯续，何云古今非？

雨中潘章辰、梦白两社长过访，次韵

　　我来春正半，颇不谓行难。
　　远岭青犹送，疏枝绿未残。
　　雨声闻好屐，酒熟浣余寒[1]。
　　此日情何限，劳劳一羽安。

游桃花洞，还访石隐庵僧同许寻远、邓子与兄弟[2]

　　道人尽日看云晴，野外无邻鸟弄声。
　　过岭一花香出洞，入门三里客来城。
　　能藏不必嫌山浅，善悟何妨话有生。
　　莫讶狂夫频缱绻[3]，由来麋性亦多情。

---

[1] 浣：洗涤，祛除。
[2] 邓子：邓显鹤。
[3] 缱绻：情意绵绵、不忍离散的样子。

车泌书

车泌书，字香涵，湖南邵阳人。清顺治朝贡生，官常德府教授。以子万育封户科给事中。在明季，值丧乱，奉父母避深山，得免滇逆（吴三桂）之变。匿高霞山中，发愤卒，与父大敬，同祀乡贤。

白云岩

最高峰上白云边，稽首皈依古佛前。
岂为幽情同泛泛，还将心意托戋戋[1]。
香花几处迷芳草，好鸟一声飞远天。
是石是云皆可拜，愿从胎蕊发青莲[2]。

慈寿寺

次第行经古寺门，游云时带乱烟痕。
有僧来说山中语，此地能清客子魂。
凄远梵声生别院，稀微松色在前村。
几人分坐闲闲看，碧草苔花卧石根。

西园偶述

髫年耽嬉戏，游览涉琴书。
中年多儿女，衣食烦踌躇。
晚年颇好道，抱吟常索居。
家有四男儿，仕学远驰驱。

---

[1] 戋戋：少、小，此指微小。
[2] 青莲：青色莲花。瓣长而广，青白分明，故佛书多喻眼目。

诸孙甫就塾，嬉笑浑皇初[1]。
课罢理花木，心目欣翳如。
佳节从西来，策杖候茅庐。
酷暑亦渐退，新凉起庭除[2]。
静读少陵诗，学钓子陵鱼[3]。
敢曰慕肥遁，实缘性萧疏。
寄语劳劳者[4]，俯仰姑徐徐。

---

[1] 皇初：后秦姚兴年号（394—398年），此指四五年。
[2] 庭除：庭前阶下。除，阶。
[3] 子陵：严光，字子陵。严光少与光武帝刘秀善，刘秀称帝后，严光隐居不出，垂钓于新安江上。此喻隐退。
[4] 劳劳：惆怅忧伤的样子。汉乐府《孔雀东南飞》："举手长劳劳，二情同依依。"

唐时渊

唐时渊，字十泉，湖南邵阳人，诸生。生平事迹无考。其诗选自《沅湘耆旧集》。

同游冰溪次韵

不知何代树，半是茑萝封[1]。
村出高低影，烟迷远近峰。
忘机鱼纵壑，随意水佣春。
拥鼻酬高调，从君一扣钟。

桃花洞

可是仇池古穴不[2]，茫茫元气此中收。
天开堂奥函灵化，人立虚空悟幻游。
花片岂经秦日月，云根或识汉春秋。
尽多深处闻鸡犬，寄语渔郎莫觅舟。

---

[1] 茑萝：草名，茎细长缠绕于其他植物上升，夏日开红花，为观赏植物。
[2] 仇池：山名。在甘肃成县西，又名百顷山。

杨 素

杨素，字太素，湖南新化人，诸生。少孤，事母至孝。

即 目

潮满滩低石渐浦，半天烟云半天晴。
渔人拨棹芦花晚，寒渚无云月自生。

陈公禄

陈公禄，字百是，湖南邵阳人，诸生。余无考。诗选自《资江耆旧集》。

郑圣来具舟载酒招同唐十泉、车涵夫，与三太史、郑秀子游冰溪作

溪绕双流合，山环百里封。
霞烘高下树，玉立两三峰。
江岸云为路，人家水作春。
夕阳归棹里，隔岸武安钟。

西湖吟

断桥取次放舟来，人到孤山鹤不回。
处士高风三尺墓，倩谁补种几株梅。

释达明

释达明，字晓林，衡山人。祝发潭州（今湘潭县）浮山寺，清康熙时游溆浦锡云庵。能诗，有《浮山合集》。

秋日怀云峰[1]

几回怀旧处，遥望隔天涯。
寄迹原无住[2]，安身便是家。
情从别后想，愁向眼前加。
落木随空下，萧萧感物华。

登溆浦潮音阁[3]

山光近接水光中，宛若身在阆苑宫[4]。
水尽天长秋云碧，霞翻落照晚楼红。
渔家高唱声飘远，雁阵横飞影度空。
举目遥观霄汉外，浩气清兴有何穷？

---

[1] 云峰：疑指达明家乡之南岳衡山。
[2] 寄迹：托足。陶渊明诗："寄迹风云，置兹愠喜。"
[3] 潮音阁：在溆浦县城临江边。
[4] 阆苑宫：仙人所居住的地方。

查慎行

查慎行（1650—1727年），名嗣琏，字悔余。清海宁（今属浙江）人。康熙时举人，赐进士出身。官翰林院编修，入值南书房。康熙十八年（1679年）三藩之乱平定后不久，随杨雍建巡抚贵州，溯沅水而上，入辰水经麻阳至贵州堤溪，写了大量反映民生疾苦的诗歌。

自沅州抵麻阳二首

一

半月天无一日晴，乱山处处走溪声。
废坪隔岸分秧水，小砦因高占土城。
楚树含情如有待，蛮花问俗总无名。
崎岖路在风波外，不碍行人触暑行。

二

欲知楚黔分疆处，只在孤云两角边。
自是劳人贪僻路，也如渴马爱清泉。
参天有势松何健，肖物能工石亦妍。
一片铜崖青入望，夕阳跕跕数飞鸢[1]。

麻阳运船行[2]

麻阳县西催转粟[3]，人少山空闻鬼哭。

---

[1] 跕跕：从高处坠落的样子。此指太阳缓缓下降。
[2] 麻阳：县名，在湖南西南，属怀化市，与贵州交界。此指麻阳河。
[3] 催转粟：催促转运军粮。

一家丁壮尽从军，老稚扶携出茅屋[1]。
朝行派米暮雇船，吏胥点名还索钱[2]。
辘辘转絙出井底[3]，西望提溪如到天[4]。
麻阳至提溪，相去三百里。
一里四五滩，滩滩响流水。
一滩高五尺，积势殊未已。
南行之众三万余，樵爨军装必由此[5]。
小船装载才数石，大船装多行不得。
百夫并力上一滩，邪许声中骨应折[6]。
前头又见奔涛泻，未到先愁泪流血。
脂膏已尽正输租[7]，皮骨仅存犹应役[8]。
君不见一军坐食万民劳，民气难苏士气骄。
虎符昨调思南戍[9]，多少扬麾白日逃[10]？

---

[1] 老稚：老人和孩子。
[2] 吏胥：古之乡吏。
[3] "辘轳"句：说把船从麻阳拉到堤溪，就像把水从井底提上来一样。
[4] 提溪：地名，在贵州江口县西。
[5] 樵爨：烧的柴和炊具。
[6] 邪许：用力发出的声音。
[7] 脂膏：民脂民膏。
[8] 皮骨：皮包骨头。
[9] 虎符：古时调动军队的印信。古代兵符，作虎头形，故曰虎符。思南：今贵州思南县。
[10] 扬麾：指挥旗。

辰溪县晚泊

夕阳孤塔表辰溪[1]，江面初宽地渐低。
从此一舟平似掌，万峰回首夜郎西[2]。

壶头山伏波庙

（二首选一）

一生大志果能酬，遗庙犹传新息侯。
择主固应卑井底，立功尚欲进壶头。
谗言薏苡真难料，泽及苗蛮卒未休。
为问云台凡几辈[3]，得邀尸祝到千秋[4]。

---

[1] 孤塔：锦岩塔，在辰溪县城西四里锦岩山上，为辰溪八景之一，称锦塔临江，"文革"中废。
[2] 夜郎：梁置夜郎县属夜郎郡，在今湖南吉首一带。唐贞观五年（631年）置夜郎县，在今新晃侗族自治县。此泛指沅水中上游雪峰山一带。李白《闻王昌龄左迁龙标遥有此寄》："我寄愁心与明月，随风直到夜郎西。"
[3] 云台：东汉明帝永平中，画二十八功臣图于南宫云台，无马援。
[4] "得邀"句：尸，说云台二十八功臣，有几个能像马援这样，被老百姓千秋祭祀呢？代表鬼神受享祭的人。祝，传告鬼神言辞的人，巫师总称。

后　记

　　雪峰山，古称昆仑山、梅山，是湖南的四大名山之一。它南起湘桂边界，与南岭交界，主脉在怀化、邵阳境内，余脉向北延伸至洞庭湖滨，绵延700余里。东西两侧是奔腾不息的资江和沅水。高山大河，是中华文明的发祥地之一，是楚辞的故乡。山崔嵬，水奇险，生长在这壮美山水中的文人骚客，或流连山水，或远在千里万里之外，抒发乡愁，寄托灵魂，留下了无数的诗篇。流寓到这奇山异水的文人墨客，或肩负着历史的责任，或背负着沉重的罪名，来到这惊心动魄的环境里，触发内心的灵感，或舒心高唱，或月夜低吟，创作了大量的精品力作，不经意间，成为滋润雪峰山地域的文化养料。

　　雪峰山区域的诗歌，上至屈原的《九歌》《九章》，下至查慎行的《壶头山伏波庙》，都是雪峰文化的重要内容，值得作深入的研究。

　　有关雪峰山地域的诗歌，由于历史的原因，战国到隋代少有记载。明清以来的诗歌虽浩如烟海，但因为印行困难，天长日久，也多散失。因此，本书只能从《沅湘耆旧集》《资江耆旧集》《辰州府志》《宝庆府志》以及各县的县志中寻找资料，经筛选汇编而成书，必是挂一漏万，不尽人意。

　　为了方便有志于研究雪峰文化的朋友挖掘和研究地域文化，并为雪

峰山旅游提供文化养料，本人花费两年多的时间，收集整理精选出诗词作品三百余首，并加以简单的注释，命其名曰《雪峰诗词选注》。

因本人知识有限，学术水平不高，错漏之处，在所难免，望读者批评指正。

在此书的编注过程中，得到陈黎明、邓宏顺、田琪、张家和、张克鹤、谭善祥等同志的大力支持，在此一并表示感谢！

杨　帆

2021 年 12 月